JN038044

後宮の忘却妃

—輪廻の華は官女となりて返り咲く—

あかこ

富士見L文庫

目次

序章　〇〇五
一章　回帰　〇二三
二章　天の祭祀　〇五六
三章　蓮花　一二八
四章　改編　一九八
五章　決着　二六五
終章　後宮戦わずして廟算に勝つ　二八九

序章

汪《おう》大国にて内乱あり。

凰柳城《おうりゅうじょう》の内城に狼煙《のろし》があがる。

詭道《きどう》によって内部の兵は混乱し、開かれた西華門《せいかもん》からは幾人もの兵が流れ込む。

その頃の皇帝徐欣《じょきん》は、女達と愉《たの》しみ夢覚めることはなく、夢うつつ狭間《はざま》のままに擒《とら》われたと後に聞く。

後宮の女達は揃《そろ》えて冷宮《れいきゅう》へと送り込まれたのであった。

炭火どころかほかに一切暖を取る術もない冷宮に閉じ込められた玲秋《れいしゅう》はその冷えた指先に息を吐く。

白く煙る息を吹きかけたとて、彼女の手は温《ぬく》もることはなかったが、それでも多少の暖を取ろうと手を擦っては息を吹きかけた。

「珠玉公主《しゅぎょくこうしゅ》」

玲秋は微《かす》かに温まった掌《てのひら》を幼い少女の額に乗せた。凍えるように冷えてしまった少女を掌で温める。細《ささ》やかな温もりであろうとも、少女は甘えた表情で玲秋の指に額を寄せてきた。

薄着の衣を数だけ増やし珠玉に重ね着させ、玲秋は彼女を強く抱き締めながら少女の名を呼んだ。

うつらうつらとしながらも顔を上げ、珠玉はニコリと微笑《ほほえ》んだ。

玲秋の顔を見て安堵《あんど》したのだ。

「ねえ玲秋。明翠軒《みんすいけん》にもどれるの？」

明翠軒は珠玉が数日前まで暮らしていた建物の名前だ。

玲秋はどう答えればよいのか躊躇《ためら》った後、安心させるように彼女の髪を撫《な》でながら首を横に振った。

「まだですよ。ですが、きっと貴女《あなた》のお兄様であらせられる第三皇子が屋敷《やしき》に帰して下さいます。それまでもう少しだけ辛抱しましょう」

もう何度となく繰り返した返答だった。

珠玉は不満を堪えた様子で小さく頷《うなず》き、そのまま玲秋にしがみつく。

はぁ、と息を吐く。

閉じ込められて五日が経《た》ったことは、壁に引いた線で把握している。

着の身着のまま守衛兵に連れてこられた玲秋の服は、妃達《きさき》の中で誰よりも質素であったためか珠玉の官女と間違えられた。お陰で今こうして愛する珠玉と共に同室でいられるのだから幸いだったのかもしれない。

凰柳城が謀反人によって襲撃され、すぐさま後宮に火の手が上がった。

寵姫《ちょうき》の元に通い続けていた皇帝徐欣は後宮に入り浸っていた。数多くの兵が後宮を走る中、玲秋は一人寝が寂しいと泣いていた珠玉と共に眠りに就いていたところだった。

後宮では聞かない男達の怒声。きな臭い臭い、剣の交わる音。

玲秋は何が起きたのかすぐに理解した。しかし理解したところでどうすることも出来なかった。

暫《しばら》くすれば玲秋と珠玉のいた明翠軒にも兵はやってきた。

瞬く間に捕らえられ、そして今に至る。

日に日に悪くなっていく珠玉の顔色を覗《のぞ》き玲秋は胸を痛めた。

珠玉は玲秋が後宮で世話になった亡き恩人、周賢妃《しゅうけんひ》の娘だった。

美しくも儚《はかな》く、皇帝の寵愛を得ていたのも束《つか》の間《ま》のこと、病で倒れると皇帝から忘れ去られた周賢妃は、後宮入りした玲秋をいつも可愛《かわい》がってくれた。

家族に売られるような形で後宮入りした玲秋にとって周賢妃は家族のように大切な存在だった。

だからこそ、玲秋は珠玉と一緒に冷宮に捕らえられたことを幸運と感じていた。捕らえられる時に共に居たからこそ、今こうして同じ場所に収容されているのだ。

（珠玉公主だけはお救いしなければならない）

命を懸けて逃がす術があるのなら、この身を投げ打とうとも珠玉を逃がしたい。それが玲秋にとって亡き周賢妃への忠義であり、妹のように、娘のように大切な珠玉への愛でもあった。

珠玉の眠りが深まったことを確認した玲秋は髪に挿していた簪《かんざし》を外し手に握り締めた。

流れ落ちる髪をそのままにし、寄りかかっていた壁に新たに線を引く。

冷宮に捕らえられてから六日目の朝が始まった。

冷宮は女達の牢獄《ろうごく》だ。

罪を犯した宮女や妃が幽閉される場所に、後宮にいた殆《ほとん》どの女が収容されている。

数が多いため与えられる食事の量も少なく、粗末な食料だけでは到底腹は満たされない。

何処《どこ》からか女達のすすり泣く声も聞こえてくる。

徐欣には数多くの側室がいた。あまりの多さに後宮管理を務める内務府《ないむふ》ですら女の数を把握できないほどであったという。

かくいう玲秋も妃の一人であった。

位は倢伃《しょうよ》。従来であれば二十七世婦《せいふ》の一人とされる位であったが実際何名の倢伃がいたのやら、後宮の隅に追いやられていた玲秋には計り知れない。

時折、冷宮の何処かで悲痛な叫び声が木霊する。

それは処刑を執行する際に泣き叫ぶ女の声であった。

声が聞こえる度、玲秋は珠玉の耳を塞ぎ強く抱き締めた。

まだ四つの珠玉には痛ましい声。

絶対に聞かせたくなどない。

抱き締める回数が増える度、珠玉の小さな手で玲秋を抱き締める力も強くなった。

薄暗い牢獄のような冷宮の中で二人の抱き締め合う温もりだけが心の支えだったのだ。


『玲秋。お前が姉の代わりに寵愛を得るのだ』

それが、流行《はや》り病で亡くなった姉の遺体を前にして告げられた父の言葉であった。

玲秋は偏狭な地の県丞《けんじょう》を務める父の元に生まれた。出自は民より上ではあったものの、彼女の暮らしは決して豊かではなかった。何故《なぜ》なら彼女の母は父の妻に仕える使用人だったからだ。いわゆる庶子として生まれた玲秋は、生い立ちが故に冷遇される事が多かった。

使用人であった母は玲秋の幼い頃に亡くなった。三歳まで細々と母と寂れた小屋のような家で暮らしていたのだ。使用人達からも正妻からも冷遇された母は、追いやられるようにして玲秋と共に小さな小屋で暮らしていた。しかし、産後まともに栄養もとれない母と子が生き永らえるにはあまりにも環境が過酷だったのだ。

　それでも玲秋は母の温もりを覚えていた。かさついた肌は水気がなく水仕事ばかりしていたせいで柔らかいとは言えないが、そんな手に頬や髪を撫でられた思い出はある。

　玲秋は母の手が好きだった。指先から伝わる玲秋への慈しみが感じられて、嬉《うれ》しくて愛おしくて言葉にせずとも手を握り返していた。

　その手が氷のように冷え、玲秋に触れなくなったのは四つとなる頃のことだった。

　突然訪れた母との別れに堰《せき》を切ったように泣いて、そうして叩《たた》かれた。

『うるさい』とだけ告げたその男が、父だと知らされたのは後のことだった。

「…………ん……」

　芯から冷える寒さに意識が浮上する。どうやらうたた寝をしていたらしい。薄汚れた麻布の上で横になっていた。自身の上に乗せるようにして眠らせた珠玉はすうすうと寝息をたてていた。やはり寒いのだろう、玲秋にしがみつくように眠っている。

　玲秋は自身の身体《からだ》で珠玉を包み込んだ。その温もりに救われているのは間違いなく玲秋自身だった。

　玲秋が後宮に入ったのは、姉の代わりだった。姉は幼少の頃より美しさで評判が立つほどに顔立ちは良く眉目《みめ》麗しかった。愛らしい姉の風評は瞬く間に伝わり、将来皇帝に嫁ぐよう命が下された時、父は狂喜した。以降、姉には後宮でのし上がるための教養や美しさを磨くための使用人があてがわれた。そして玲秋も、幼いながら使用人の一人として扱われた。県丞とはいえ私財が満足にあるわけではない。自身を「皇帝の未来の妻」と名乗り、贅《ぜい》を尽くす姉により玲秋の暮らしはより圧迫していた。母が亡くなり丁度良いとばかりに引き取られた玲秋を待ち受けていたのは、姉の召使いとしての日々だった。玲秋はひたすら大人しく周囲の大人の命に、姉の我儘《わがまま》に従った。そうしなければ生きていけないと本能で理解していたからだ。

しかし皇帝に嫁ぐ一年前、姉が病死したことにより事態は一変した。姉が嫁ぐことによって与えられると思っていた結納《ゆいのう》の礼物《れいもつ》には有り余るほどの潤沢な金品が揃えられる。父はそれに期待をしていたため、姉の死に誰よりも絶望した。娘の死を悼むのではなく借財を返済できない恐怖に絶望したのだ。

婚姻を結ぶには儀礼がある。納采《のうさい》と呼ばれる結納の儀にて礼物を贈られる。受け取った後、妻となる女の姓氏を占う。身近な関係であれば予《あらかじ》め名を確認した上で行う通過儀礼のようなものであるが、汪国の皇帝は娶《めと》る女も多いためか、姉の名を尋ねられることはなかった。

だから、なのだろう。

父である県丞が娘の名を告げたのだ。

『徐《じょ》玲秋』と。

「…………」

暗闇の中で思い出す過去の記憶は、決して楽しいものではなかった。姉のように妃としての振る舞いを習ってもいない玲秋は、妃というよりも官女のような動きしか出来なかった。それ故に目立つこともなく、後宮の物陰に隠れるように暮らしてきた。

しかし玲秋にはそれで充分だった。そのお陰で珠玉と出会えたのだ。

珠玉と過ごす日々は、忘れかけていた母との大切な日々を思い出させてくれたのだ。

絶望の淵《ふち》に叩き落とされようとも、冷たい牢獄に投じられようとも、玲秋にとって珠玉との日々は決して覆されることはなかった。

優しい指先で珠玉の髪を撫でる。その手はかさついていたが。

とても優しく愛おしく、その髪を撫で続けた。

壁に刻む線の数が十を過ぎた時。

ついに部屋の扉が開かれた。

体は冷え切り、珠玉公主と身を寄せ合いながら眠っていた朝。

「出ろ」

守衛兵の冷徹な声で目覚めた。

玲秋はいよいよ時が来たのだと悟り、大人しく従った。

未《いま》だ眠気の取れない珠玉を抱き上げる。

体が衰弱している珠玉と共に冷宮を出た。久し振りに出た外だが、そこは決して穏やかな様子ではなかった。

二人を見る兵の表情は険しい。解放されたわけではないと物語っている。

それでも、玲秋は祈った。

(どうか……珠玉公主だけでもお助け出来るよう取り計らいが出来れば)

玲秋はひと欠片《かけら》の望みに願いを託すしかなかった。

反乱がどのように終息したかは分からないが、守衛兵の言葉から分かったことは第三皇子紫釉《しゆう》が紹将《しょう》軍と結託して皇帝を討ったことだった。

玲秋は紫釉と数度顔を合わせたことがあった。

本来であれば後宮に一度入った妃は、二度と出ることを許されない。

出る日があるとすれば、それは死か、はたまた出家か。その二択である。

それでも、短い時間ではあるが妃達《きさき》には表に出る機会が年に何度かある。祭祀《さいし》事や、式典への参列といった行事もさることながら、時には時刻を定めて行商人と交流をすることを目的に門前まで出向くこともあるのだ。勿論《もちろん》護衛や監視が置かれることは前提ではあるが。

特に現皇帝である徐欣は宴《うたげ》を大層好むため、幾多の妃達と宴を催すために外朝へ連れ出すことがある。何かと理由をつけては女達を外に出し、享楽に耽《ふけ》るため連れ歩く。日陰で過ごす玲秋ですら呼ばれる機会は多かった。

玲秋より幾つか年が下である紫釉とは行事の折に顔を合わせる程度だった。だが、珠玉の世話をしているからだろうか、言葉を掛けられる機会もあった。そんな数少ない記憶を思い出す。その時に知った人となりから、決して彼は腹違いの妹である珠玉に対し酷《ひど》い扱いをしないと信じていた。紫釉は幼い妹に対し情を見せ、時には玩具等を贈ってくれることもあった。

ただ、紫釉がいかに善良な皇子であろうとも、玲秋の罪が免れないことは分かっていた。たとえ寵愛を受けておらずとも、褥《しとね》を共にしたことがなかろうとも。

玲秋は徐欣の妻だった。

冷宮に送り込まれた妃達は次々と処刑や流罪となる中で、玲秋だけが無事に済むはずもない。

それでも珠玉が無事なら構わなかった。

守衛兵によって外に連れ出され、辿《たど》り着いた場所は陵墓だった。

訪れたことは一度もないが、建物の形でそれが皇帝を祀《まつ》るための墓所であると分かった。門前に建てられた門番兵の石像、神獣が描かれた壁画に人の絵は一切なく天上や神仙だけが描かれていたからだ。

建物の内部は広いというのに生活するための井戸もない。だから、ここは墓所なのだ。

「来るんだ」

強く押されながら入った建物の中は薄暗かった。

扉から微《かす》かに差す光によって建物の内部に祭壇が見えた。

僅かな光だったが玲秋には分かった。

ここは皇帝徐欣の墓だ。

彼が即位の折に献上された龍の形を模した剣が棺《ひつぎ》の上に置かれていたのを玲秋は見逃さなかったのだ。

連れてこられた他の女達もまた、玲秋らと同じように建物の中に押し込まれていく。薄暗闇の中で女達の顔を見れば誰なのか、後宮で暮らしてきた玲秋にはすぐに分かった。

彼女達は徐欣が寵愛《ちょうあい》した妃達だった。

ただ、最も寵愛していた趙貴妃《ちょうきひ》は見当たらなかった。冷宮に閉じ込められていた玲秋には彼女の情報が一切届いてこなかった。既に処刑されたのかもしれない。

周囲からすすり泣く声が響く中、扉の前に一人の男が立った。

大将軍、紹劉偉《りゅうい》だった。

将軍が宮殿で過ごすための礼服を着た紹は美丈夫として浮名を流していたが、今はその面影すらなく閻羅王《えんらおう》のように立ち塞がっていた。

押し込められた女達は皆、理解していた。

彼が、紹こそが自分達をこの地に連れてきたのだということを。

切れ長の眦《まなじり》を更に細め、薄い唇が開いた。

「新皇帝たる紫釉陛下の勅命である。前皇帝徐欣の寵愛を受けし者は皆、徐欣と共に眠ることを許す。共に墓所に眠り徐欣の魂を慰めることを許すと仰せである」

女達から悲鳴が上がった。

「共に眠らんとせぬ者は忠義を反するとし、首を刎《は》ねる。さあ、選ばれよ」

薄らと嗤《わら》う顔には嘲《あざけ》りがあった。

穏やかな声色には憎しみが混じっていた。

紹将軍は徐欣とその寵愛を得て国を乱した女達を赦《ゆる》しはしないのだ。

女達は泣き、抗《あらが》う者は兵によって取り押さえられる中。

玲秋は抱き締めていた珠玉と共に紹将軍の前に出て平伏《ひれふ》した。

「お願い申し上げます！　どうか、紫釉皇帝が妹、珠玉公主だけはご容赦くださいませ」

地に頭を擦《こす》り付け、心から嘆願した。

「珠玉公主は高州《こうしゅう》の姫、周賢妃の忘れ形見にございます。決して紫釉皇帝に叛意《はんい》を及ぼすような事はございません。何も、何一つとして罪はございません」

「玲秋」

常に寄り添っていた玲秋が頭を下げる姿に珠玉は不安から玲秋の元に寄り添い腕を抱き締めるが、玲秋は続ける。

「まだ四つの幼子です。御父君である前皇帝からの覚えもなく、慎《つつ》ましく暮らしておりました。命さえお救い頂ければ何も望みません。どうぞ、どうぞご慈悲を下さいませ」

立ってと、涙声で訴える幼い珠玉の声に玲秋の眦に涙が浮かぶ。

幼い彼女にも玲秋の訴えが別れを示すものだと察しているのだ。

けれど玲秋は珠玉の言葉を聞くわけにはいかない。

今この時を逃せば珠玉の命は助からない。

玲秋は必死だった。

「……貴女《あなた》が徐倢伃ですか」

頭を下げながら玲秋は驚いていた。

どうして将軍が玲秋の名を知っていたのか。

尋ねることも出来ず、玲秋は「はい」と答えた。

「珠玉公主は何もご存じありません。紫釉皇帝よりお慈悲を賜れますれば必ずや公主は恩に報いることが出来ましょう」

「…………」

紹将軍の表情は地に頭を擦り付けている玲秋には見えないが、険しい顔しか見せない彼がこの時ばかりは僅かに憐憫《れんびん》を思わせる眼差《まなざ》しで珠玉と玲秋を見つめていた。

勿論、その表情に浮かぶ感情がどのようなものか。

この場にいる誰も分かるはずはなかった。

「では珠玉公主に問おうではないか。公主」

四つの小さな子に対し紹将軍は大人に語る口調と変わらず名を呼んだ。

名を呼ばれた子供は怯《おび》えた様子で、玲秋の服を握り締めたまま将軍の顔を見上げた。

「公主は徐倢伃と離れ生き永らえることを望まれるか。それとも徐倢伃と共に眠ることを望まれるか」

「紹将軍！」

「選ぶは公主だ」

何を、と叫びたかった。

珠玉はまだ四つだ。

彼の言葉を真に理解が出来るはずもない。

「おやめください！　そのような……！」

「やだ！」

玲秋の腕が強く引っ張られた。

その弱い力が、強い意志を込めて玲秋にしがみ付く。

「玲秋といっしょじゃなきゃいやだ！　玲秋といっしょにいるの！」

「公主……！」

玲秋の瞳から涙が零《こぼ》れ落ちた。けれどそれは珠玉も同じだった。

彼女は分かっているのだ。四つでありながら、この場で玲秋と離れることは永遠の別れを意味することを。

「玲秋！　玲秋がいないとだめなのぉ……！」

冷宮に閉じ込められた時だって珠玉は泣き喚《わめ》く態度は見せなかった。不安を抱きながらも黙って玲秋にしがみついていただけだった。

けれど今は違う。

ボロボロと涙を流し、赤子のように大声で泣いた。

決して離さないという思いで玲秋の服を握り締めて泣くのだ。

そんな姿が痛ましく、玲秋は抱き締めなだめることしか出来なかった。

「………閉じよ」

紹将軍の声に命じられた兵が墓所の扉を閉める。

重苦しい鉄扉が閉まる音に、女達が叫び逃げ出そうとするが兵の槍《やり》により塞がれた。

玲秋は閉ざされる瞬間まで扉を見つめていた。

光の先に踵《きびす》を返し立ち去る将軍の背中が見えなくなり、日の光が届かない暗闇となるまで見つめ続けていた。


墓所は精巧に造られていた。

日の光は全くというほど入らない。

鉄の扉は空気すら受け入れず、墓所内の酸素が薄まっていく。更には閉ざされた扉の先で、何かを設置する音が聞こえてきた。それが、大きな石か何かを扉の前に置いているのだと分かったのは、悲痛に叫ぶ妃の一人が気付いて叫んだからだった。

息苦しさから動悸《どうき》が高鳴る。

暗闇に覆われても扉を激しく叩《たた》いている女達から離れ、玲秋はずっと珠玉を抱き締めていた。

「公主………」

幼い少女は玲秋と引き離されるかもしれなかった恐怖からずっと玲秋にしがみ付いていてい

た。そんな彼女の髪を愛おしく玲秋は撫《な》でた。

「大丈夫ですよ。もう、怖い兵はおりません。もう、何も怖いことはありませんから」

ああ、息が苦しい。

どうかこの苦しみから珠玉を解放してあげたい。

珠玉の髪を撫でる手の甲に自身の涙が雫《しずく》となって落ちる。

「ですからどうぞ、お休みになってくださいませ」

いつもこうして少女が眠りに就くまで撫でていた。

泣いて、衰弱していた珠玉が暗闇の中でも玲秋の温《ぬく》もりを感じながら安らかに眠っていくのを、玲秋は泣きながら感じていた。

自身の意識も薄れていた。

周囲で喚いていた女の声も次々とかき消えていった。

息が苦しい。

どれほど息を吸おうと、苦しみは増すばかりだった。

それでも玲秋は珠玉の髪を撫でることを止めなかった。

「お休みなさいませ……」

どうか安らかに。

次に目覚める時は。

愛する少女に苦しみのない生があることを願いながら。
玲秋もまた、永遠《とわ》へと旅立つ。
意識を失うその時に、微かな鈴の音が。
聞こえた気がした。

一章　回帰

——

旅立った、はずであった。

玲秋《れいしゅう》が目を開けた時、そこにあったのは蓬萊《ほうらい》でもなければ天の国でもなかった。

見慣れた寝台の天井が見えたのだった。

「………珠玉公主《しゅぎょくこうしゅ》！」

死んでいないのであれば、一緒にいた珠玉は何処《どこ》にいるのか。

寝台から体を起こし立ち上がったところで足を止めた。

眠っていた場所は玲秋が捕らえられるまで暮らしていた家屋、紀泊軒《きはくけん》だった。

後宮入りした頃から捕らえられるまで紀泊軒で過ごしてきた玲秋が部屋を間違えるはずもない。

後宮の中でも隅に追いやられるように建てられた質素な家屋は、皇帝が見えられる正門からも中央の寝殿からも遠く、皇帝に相手にされない妃《きさき》に与えられる建物として知られていた。

相手にもされないことを嘲《あざけ》る「稀薄《きはく》」の意味を込め、同じ韻の紀泊と名付けられた建物こそ、玲秋の住居であったのだ。

けれど、何故《なぜ》？

疑問は尽きないが、とにかく珠玉を捜さなければならない。

着ていた服が寝巻きであることは分かったが、玲秋は急いで建物の中から外へ出ようとした。

「小主《しょうしゅ》！」

驚いた様子で玲秋を呼ぶ声の主に玲秋の足は止まった。

「そのような格好で外に出てはなりません！」

「芙蓉《ふよう》？」

咎《とが》める官女の姿を見て玲秋は大きく目を見開いた。

「どうかお着替えをなさってくださいませ。すぐにご用意いたしますから」

「どうして貴女がここにいるの？」

芙蓉は玲秋が後宮入りした際に付けられた官女だったが、今は玲秋ではなく別の妃の官女として働いている筈だ。

それに、彼女の顔をよく見るとどこか幼さが残っていた。

「どうしても何も、私は徐倢伃《じょしょうよ》の官女でございます。他にどこへ参ろうというのです」

「貴女は趙貴妃《ちょうきひ》の官女に命じられていたのではなくて？」

「趙貴妃？」

怪訝《けげん》な表情をした後、芙蓉は笑った。

「小主は何をお間違えになっているのですか。趙昭儀《しょうぎ》は確かに皇帝陛下の寵愛《ちょうあい》を一心にお受けになっていらっしゃいますが位は昭儀でございましょう。貴妃の名でお呼びになるなど……誰かが聞けば怪しまれてしまいます」

「趙貴妃はまだ昭儀だというの？」

「左様にございます」

どういうことだろう。

混乱を極める言葉に余計頭を悩ませるが、それよりも大事なことがあった。

珠玉のことだ。

「珠玉公主はどちらにいらっしゃるの？」

「公主でしたら、本日は周賢妃《しゅうけんひ》の祥月命日《しょうつきめいにち》ですので墓所へ向かう支度のため、礼部《れいぶ》の官女が前日よりお世話しておりましたでしょう？　昨夜もお眠りになるまで付き添われていらしたではありませんか」

「祥月命日……」

「小主も早めにお仕度なさいましょう。四夫人の御前に遅れてはなりません。さあ、早く」

促されるがまま、玲秋は芙蓉によって寝台前に戻された。

(どういうことなの……?)

玲秋に専属の官女が付いていたのは二年前までだ。

皇帝徐欣《じょきん》から深く寵愛を得ることになった趙昭儀が特別な計らいによって瞬く間に貴妃となってすぐ、人手不足を理由に芙蓉は趙貴妃の官女として異動を命じられた。

だから今、芙蓉が自分に仕えていることがおかしいのだ。

(それに周賢妃の祥月命日を行っていたのもたった一度だった)

一時は気に入っていた妃の祥月命日を礼事として行っていた皇帝が行事を止めてしまったのもまた、趙貴妃に溺れるようになってからだ。

おかしい。何が起きているのか。

全てを理解したのは、支度のために用意された姿見で玲秋自身を見た時だった。

(首の傷がない)

玲秋は日頃服によって隠していたが、首元に矢傷があった。

二年前の宴《うたげ》の際、人を庇《かば》って負った傷は歪《いびつ》な痕になっていた。

その傷が、ないのだ。

事態を把握するために頭の中で考えを巡らせている間に支度は終わっていた。玲秋に用意された衣服は少ない。襟《えり》に僅かな刺繍《ししゅう》を施しただけで色味はどれも褪《あ》せていた。麻で作られ何度となく洗い使用したために色が落ちている服がほとんどだ。

他の妃達はこぞって自身の肌を露出し、ひらひらと天女を彷彿《ほうふつ》させるように裳《も》をはためかせ歩き皇帝の視線を奪うよう着飾っているが玲秋にはそういった類の衣類は一切ない。

固く閉じた襟に色は紺や黒の帯。裳や蔽膝《へいしつ》に意匠を凝らした衣類もなかった。

一見すれば後宮官女と間違われてもおかしくはない。

衣類の中でも、とりわけ薄暗い色の礼服に着替えた玲秋は姿見で再度自身の姿を見つめた。

やはり、僅かにだが若返っている。

具体的に考えれば二年ほど時が遡っている。

「…………芙蓉」

「何でございましょう？」

「房事録《ぼうじろく》を読む時間はあるかしら？」

「……はい。すぐに取り寄せることは出来ますが」

「では、お願い」

芙蓉が意外そうに玲秋を見てから建物の外に出ていった。彼女の反応も当たり前だった。

房事録は皇帝がいつどの妃と褥《しとね》を共にしたのかを管理するための竹簡《ちくかん》である。玲秋は一度たりともその記録に載ったことはないし、興味も抱いていない。

そのことを誰よりも知っているのは芙蓉であった。

勿論《もちろん》、玲秋が皇帝と褥を共にする目的として読みたいわけではない。

確実な記録として今がどの時であるのかを把握したかったのだ。

(西王母《せいおうぼ》に与えられた機会としか考えられないわ)

西王母。それは汪国《おうこく》だけではなく、全ての大陸を生み出した女神の名である。

女仙であり大国の母と崇《あが》められる神仙たる彼女は、生と死を司《つかさど》るとも言われている。

そのような神力でもなければ、玲秋の時を戻すことなど出来はしない。

幼い珠玉の死を悼み、時を戻して下さったのかもしれない。

(感謝致します)

どなたが起こした奇跡であるのか真実は分からないが、玲秋はその場に平伏《ひれふ》し感謝の想《おも》いを込めて祈った。

(感謝致します……!)

いくら時が戻ろうとも、玲秋と珠玉に起きた死は確かにあった。

あの時、玲秋は確かに死を覚悟した。

けれど生きている。それも、過去に戻れたのだ。

これ以上の感謝はなかった。

(やり直せる)

どのようにやり直しをすれば良いかなど今の玲秋には分からないが、分かっていることは同じ時を繰り返せば玲秋と珠玉の命はない、ということだ。

このまま息を潜め生き永らえようと、訪れる未来は皇帝徐欣の墓所で生き埋めに遭う事実だけだった。

ならば変えてみせる。

それこそが玲秋に与えられた天勅《てんちょく》なのだから。

凰龍城《おうりゅうじょう》の正門からずらりと兜輿《とうよ》が並ぶ。

輿《こし》を担ぐ男達は無言で歩を進めていく。

特に華やかに造られた兜輿には皇帝徐欣と、彼が寵愛する妃、趙昭儀が乗っていた。

亡き妻の祥月命日に気に入った妃と二人きりの輿に乗って向かう。

従来であれば不敬に当たるのだが、皇帝の行いに口を挟む者は誰一人としていなかった。

周賢妃の忘れ形見である珠玉公主は皇帝の後に続く兜輿にいた。慣れない乗り物と人に世話をされ、随分と愚図った。

今は輿の中で眠っているらしく玲秋は顔を見ることが出来なかった。

式典に先陣で向かうは皇帝と公主。続いて四夫人である貴妃、徳妃《とくひ》、淑妃《しゅくひ》、賢妃。

少し離れて進むは九嬪《きゅうひん》の妃達であった。位は昭儀、昭容《しょうよう》、昭媛《しょうえん》、修儀《しゅうぎ》、修容《しゅうよう》、修媛《しゅうえん》、充儀《じゅうぎ》、充容《じゅうよう》、充媛《じゅうえん》。

正確には趙昭儀は皇帝の輿にいるため、八名が後に続いている。

四夫人と九嬪以外の妃は参加を義務付けられてはいないため、全員が向かうわけではなかった。

しかし徐欣と顔を合わせる機会が全くない妃達はこぞって参列し、長蛇の列となって墓所へ向かっている。

玲秋は出立前に四夫人と挨拶を交わした後、最後尾の輿に乗った。数も少ない上に体力の低い男によって運ばれているため、足取りは他の輿よりも遅く大きく揺れた。

それでも徒歩で向かうより遥《はる》かに良い。これより一年も経《た》たずとして、玲秋は輿にすら乗れない立場となっていたのだ。

(あと二年)

房事録に記されていた日付を確認した。

今は、捕らえられた日から丁度二年前と分かった。

玲秋は何の因果なのか二年前に戻されたのだ。

玲秋はこのあり得ない事実を、自身の使命と思い受け入れていた。

一度命を落とした身なれば、生きていられる僥倖《ぎょうこう》に感謝するしかない。それも、敬愛する珠玉が生きていることがより玲秋を感動させた。

周賢妃の墓所に到着した頃には、既に皇帝による賢妃への供養は終わっていた。

玲秋は輿から降り、その場で膝をつき恩人である周賢妃に頭を下げた。

（必ずや、珠玉公主の無事を周賢妃に誓いましょう）

祥月命日の式典など名目上の理由でしかなく、皇帝徐欣は供養も簡単に済ませると寵《ちょう》姫《き》と共に鷹狩《たかがり》へと赴いていたため、既に姿はなかった。

周賢妃の墓所は山間にあるため、その場から少し進めば鷹狩場があったのだ。

ぞろぞろと皆が輿に乗り鷹狩場に向かう中、玲秋は周賢妃が眠る玄室の前に向かった。

周賢妃は四夫人の一人として階級も高く、一時は徐欣から愛情を最も受けていた女性だった。

珠玉公主を身籠り、もし男児が生まれていたのであれば更に位を上げる話もあった。

しかし生まれた子が女児であったことと、産後体調を崩し、褥を共にする機会が減ったことから徐欣は見向きもしなくなったのだ。

徐欣には数多くの妃《きさき》がいる。それこそ百を超える妃達が後宮で暮らしていた。しかし妃の数と比較し子は多くなかった。子は男が三人、女は五人であった。

玲秋が覚えている限り、この先二年の間に生まれた赤子もいたが、男児はこの先も増えることはなかった。

過去の記憶を振り返っていた玲秋は立ち上がり、もう一度頭を下げる。

徐欣の官女が並べた白菊と果物が置いてあるが、いずれこの墓には誰も足を運ばなくなるのだ。

今より一年後、訪れたのは玲秋と珠玉だけだったことを思い出した。

「れいしょ！」

幼い声が聞こえると玲秋は振り向いた。

と同時に涙腺が壊れたように涙を零した。

そこには珠玉がいた。

まだ二つの、言葉も単語しか話せない小さな女の子。

おぼつかない足取りでありながら、それでも紅葉《もみじ》のように小さな手は真っすぐ玲秋に向けられていた。

「公主……！」

玲秋は幼い珠玉を抱き締めた。

珠玉を連れてきた官女は首を傾《かし》げているが構わなかった。

抱き締めていた体軀《たいく》は、あの時よりも小さくなってしまったことが寂しかった。

けれど生きている。

珠玉は生きているのだ。

その事がどれほどに嬉《うれ》しく、玲秋の感情を大きく揺さぶったことだろうか。

「れいしょ、いたぁい」

「申し訳ございません」

謝りながらも、それでも玲秋は手を緩めることが出来なかった。

このまま手を緩めてしまったら、手を放してしまったら別れてしまうような、そんな恐怖が未《いま》だ玲秋の中にはあったのだ。

玲秋はまだ覚えている。

自身の腕の中で抱き寄せながら眠るように息を引き取った珠玉の温《ぬく》もりを。

だからこそしっかりと感じたい。

今、愛する公主が生きているのだということを。

ひとしきり抱き締めた後、自身の服の袖で目を擦ってから珠玉の顔を見た。

二つとなったばかりの幼い公主は玲秋の涙を気にもせず嬉しそうに笑っていた。

一年前に母を亡くした珠玉にとって、玲秋は母代わりのような存在だった。今朝はいつもと違う官女に囲まれて心細かったのだろう。目元は泣いていたらしく涙の伝った跡があった。

（前と同じ。以前の祥月命日でも、公主は泣いていらした）

一度目の祥月命日でも公主はこうして甘えてきた。何も変わってなどいない。変わったのは玲秋ただ一人なのだ。

いつもと同じように珠玉を抱き上げる。その体重はやはり以前よりも軽かった。それでも確かに生きて抱き上げられる喜びを、再会できた喜びを。

ひたすらに噛《か》み締めるのであった。

玲秋と少しの間触れ合った後、珠玉は屋敷《やしき》に戻るため輿に乗って帰っていった。

玲秋も一緒がいいと甘えてきたが、その言葉に従うわけにはいかなかった。

たとえ式典は終わっていようと行事の最中。

珠玉は皇帝の息女。皇族である珠玉と同じ輿に乗ることなど出来ない。

屋敷で会う約束を幼い子と交わした後、玲秋も自身が乗ってきた輿に乗る。

玲秋に付いていた官女は先に紀泊軒へと戻っている。本来であれば最低二人は妃に官女が付くのだが、玲秋には芙蓉一人しかいない。

戻ってから食事や着替え等《など》の支度も全て芙蓉が行わなければならないため、式典の間に帰らせていた。

行きと同じで遅い輿に乗ったものの、暫《しばら》くすると輿が歩みを止める。

「どうしたの？」

「申し訳ございません。足を挫《くじ》いてしまいました」

輿を担ぐ年配の男が頭を下げる。担ぐだけでも辛《つら》いのだろう。脂汗を滲《にじ》ませながらも、それでも足を進めようとするため玲秋は男を止めた。

「それでは私が歩きましょう。貴方《あなた》達は輿だけを運びなさい」

「そのような事はなりません」

「ですが、このまま足の回復を待っては日が暮れます。人がいない重さであれば運べるでしょう？」

玲秋にとってこのやりとりは二度目だった。

会話をしながら思い出す。一度目もやはり同じように輿を担いでいた老人が足を痛めたため、玲秋は歩いて戻ったのだ。

「輿を運び終えたら後宮の官女に言付けを。徐倢伃の官女を呼ぶよう伝えておいて。後宮の門を閉ざされては困りますから」

躊躇《ちゅうちょ》する男達を宥《なだ》める。

男達は幾度も玲秋に頭を下げた後、急いで輿だけを担いで来た道を戻って行った。

一人で歩くなど、皇帝の妃にはあり得ない事ではあるのだが、玲秋の立場ではそれも仕方がないことを、男達も察しているのだ。

二年の間に汪国は困窮していった。

国同士の争いこそないが、徐欣は政務を蔑《ないがし》ろにし、自らの享楽に走り出した。

玲秋が後宮に来た頃は妃の数こそ多かったものの国を傾けるほどではなかった。

兆しが表れだしたのはまさに今の時期である。

明確に言えば、寵姫趙貴妃に溺れてからだ。

覇気は見る影もなく薄まり、大いに国は傾いた。

後宮の中でしか世の流れを知ることが出来なかった玲秋にも分かるほど如実に国は傾いたのだ。

更に最悪なことに、この先打撃となる災害が起きたことで民の暮らしがより一層荒れた。

(国が乱れるよりも前にどうにかしなければ)

ただ、どうすればよい？

玲秋は唇を強く引き締める。

策が簡単に思い浮かぶほど容易《たやす》いことではない。玲秋が対峙《たいじ》すべき存在は政権交代という強大な未来なのだ。官女のような自分に何が出来るというのだろうか。

それでも分かっている事がある。

叛意《はんい》し、皇帝を弑《しい》し政権を得た者が第三皇子紫釉《しゆ》であること。そして彼に協力した者が紹《しょう》将軍であること。

(彼らに少しでも接する機会を作り、公主の保護を願い出る?)

ただ、どうやって進められるというのか。

現在の彼等が何処《どこ》にいて、何をしているのか玲秋は知らない。

後宮で過ごす女達は滅多な機会でもない限り後宮の外に出てはならなかった。

極秘裏にではあるが、ある程度後宮内で権力を持つ四夫人であれば多少なりとも外に出る術を得ることはできる。しかし末端の妃である玲秋には不可能に近い。それでも、第三皇子や将軍に関する情報の収集や謁見の機会がほしい。

(少しずつでも構わない。出来ることから進めていかなければ)

脳裏によぎる珠玉の死を思い出せば身は震え、体中に危機感が走る。

この先の未来で珠玉を救う術は玲秋にしかなしえない。

その重い使命に身を寄せ震えた。

玲秋とてか弱い女であった。抱えるにはあまりにも荷が重いことは承知している。

ただ、そんな卑小なまでに小さな自身でも、命を賭したい想《おも》い。その想いだけで身を粉にして行動できる。

重い足取りのままに進んでいると、背後から蹄《ひづめ》の音が聞こえてきた。

位が高い者が通るのであれば横に退き、頭を下げなければならない。

玲秋は振り返り道を空けようとした。

しかし、その姿を見て動くことが出来なかった。

何故《なぜ》彼がここにいるのだろう。

出会う機会をどうにかして導き出さなければならない存在が目の前にいたのだ。

第三皇子、紫釉。

後に父である徐欣を殺し、玲秋と珠玉を冷宮《れいきゅう》へと閉じ込めた青年。

一度目の時には現れなかったはずの皇子が馬に跨《またが》り、玲秋と視線を交わしたのだった。

紫釉皇子を知らぬ者など汪国には存在しない。

皇帝徐欣の三人目の息子。歳《とし》はこの時十四だった。

母は燕《えん》淑妃。母の出自は魏国《ぎこく》の公主で、国間の和平のために嫁いできた女性である。

魏国の支持も厚い燕淑妃の嫡子ということもあり、紫釉を次代の皇帝として即位させたいという声も多かった。だが既に後継として名が挙がっていたのは徐欣の長男にして第一皇子の巽壽《そんじゅ》だった。

巽壽は賢いと称されることはないが、それでも母の位も高く健康であることから他家臣からの支持も厚かった。それが、傀儡《かいらい》の王として相応《ふさわ》しいという理由であることは勿論《もちろん》彼の知る由もないが。第二皇子の喜瑛《きえい》は嫁いだ母の一族が謀反の疑いをかけられ流罪となり、その血を引く第二皇子は王位継承から除外され、現在は中立国で使節団と共に過ごしているという。事実上人質のような存在だ。

齢《よわい》二十五の巽壽は自らの地位を奪いかねない三男紫釉を目の敵にしていたため、時には命を狙われたこともあったと聞く。

当時冠礼を終え、成人したばかりだった紫釉は巽壽から距離を離すため、吏部《りぶ》の薦めにより魏国に隣接していた安州《あんしゅう》の州牧《しゅうぼく》を務めるよう任じられた。

十四でありながら聡明《そうめい》だった彼は兄の殺意を察し王城を訪れることはなかった。

彼自身、皇帝の地位には関心もなく母である燕淑妃も自国より魏国に信頼を置いていた。

それでも巽壽は警戒し、時折刺客を送り込まれているとの噂《うわさ》もあった。

勿論、皆が噂をするだけで真実として表に出ることなどない。けれど、その噂が事実であることを過去の記憶から玲秋は知っている。

今より数か月の後、紫釉は祭典に参加した中で刺客に命を狙われた。それも、偶然とはいえ玲秋の目前で襲われたのだ。

その時、咄嗟《とっさ》に玲秋が庇《かば》い首に傷を負った。

紫釉に向けられた矢を代わりに受けた傷はその後消えず、時折傷が痛むこともあったが、傷を負う以前に戻った玲秋の首元に勿論傷はない。

（どうして紫釉皇子がここに？）

驚いたのも束《つか》の間、玲秋は道の端に移動し頭を下げた。

暫くそうしていると馬から人が降りる気配があった。そして、地に伏せていた視線に男性の靴が見えた。

「紫釉第三皇子に拝謁申し上げます」

失礼に当たらないよう、玲秋はしきたりに倣い言葉を捧《ささ》げたが。

「顔を上げよ」

返ってきたのは紫釉の透き通るような声だった。

声変わりを終えたばかりで声色は僅かに高いが、男性の声であることは間違いない。

玲秋は言葉に従い顔を上げた。

目の前には紫釉が立っていた。

礼装のため誂《あつら》えた黒を基調とした袍服《ほうぶく》がよく似合っている。華やかさに欠けるが整った顔立ちが最も華やいでおり、着飾ったところで紫釉の顔立ちに敵《かな》わないだろう。

紫釉の名に相応しく紫色に輝く瞳の色は深く宝石のような美しさだった。

これほど間近に紫釉と顔を合わせたことがあっただろうか。

彼の視線からは侮蔑の色も、見下すような感情も見えなかった。

玲秋はもう一度頭を下げた。

「上げよと言ったが？」

「畏れ多いことでございます」

「構わない。顔を上げてくれ」

玲秋は驚いた。

命じているというのに、どうしてか紫釉が願っているように聞こえたからだ。立場は雲泥にも異なる。だというのに、彼の父である徐欣の忘れられた妻に対する言葉とは到底思えなかった。

何故そこまでして玲秋の顔を見たいと願うのか全く分からない。

言われるまま玲秋はゆっくりと顔を上げた。

もう一度見た紫釉の顔は一度目に見た時よりも何処か安堵《あんど》したような表情であったことが、ますます玲秋を混乱させる。

一体、彼の何がそのような表情をさせるのか全く分からず玲秋は戸惑った。

紫釉の顔を見つめていれば、毎日顔を合わせる珠玉の顔を重ねる。彼等は異母兄妹《きょうだい》だ。だからだろうか、僅かに珠玉の面影を感じ取った。

玲秋には何故か、珠玉が悲しい時に見せる表情と今の紫釉の表情が重なったのだ。

十四の若き皇子は表情を滅多に崩さず大人も顔負けなほどの賢さを誇ると謳《うた》われていた。その彼が幼子である妹の面差しに似ているなど……玲秋は思い違いだと自身を心の内で叱《しっ》咤《た》した。

「玲秋殿」

玲秋はあまり呼び慣れない呼称にすぐさま返事が出来なかった。

従来、人は苗字《みょうじ》のあとに位をつけて人を呼ぶ。だが、紫釉は玲秋を字《あざな》で読んだ。親しい者しか呼ばない呼び名を当然のような口調で呼んだのだ。

驚いた様子の玲秋を見て、はたと紫釉が目を伏せた。

「失礼した。徐倢伃、だったな」

「いえ。玲秋で構いません。倢伃など私には過ぎた位にございます」

改めて玲秋は手を前に揃《そろ》え礼をもって紫釉に伝えれば、彼は緩やかながらも口角を上げて微笑《ほほえ》んだ。

聡明と謳われる彼らしい大人めいた表情だった。

「では、玲秋と呼ばせてもらう。貴女《あなた》はここで何をしていたのだ？　輿《こし》にも乗らず独り歩きは危険だ」

「私の希望で輿を降り歩いておりました。お心遣い感謝致します」

正直に伝えて使用人の男達に責がいくことがないよう濁して答える。一人で歩くことを望んだのは玲秋だ。間違ったことは言っていない。

「……皇帝の妃《きさき》を一人で歩かせるわけにもいかないな」

そう告げると紫釉は軽やかに馬から降りた。

そしてその手を玲秋に差し出した。

「乗れ」

「…………え？」

玲秋には何が起きたのか分からなかった。

ただ、玲秋より僅かに背丈が高い紫釉の頬が僅かながらに赤らんで見えたのは。

南天より眩《まぶ》しいほどに輝く、太陽のせいなのかもしれない。

馬の蹄がゆっくりと拍を打つ。

石畳の長い道で、蹄の音と共に靴音が一つ奏でられている。

そこには靴音の主、第三皇子紫釉の姿と。

馬に跨る玲秋の姿があった。

(何が起きているというの…………？)

命じられるがまま玲秋は紫釉が乗っていた馬に跨った。

玲秋が馬に乗ったことを確認した紫釉は満足そうに微笑むと自ら手綱を手にし、歩き出したのだ。

これではまるで立場が逆だ。

慌てて不敬に当たる、降ろしてほしいと嘆願するも紫釉は聞く耳をもたなかった。

紫釉は歩く。

彼の護衛と側近にはある程度離れた距離で歩くよう命じていたため視界には入らない。まるで此処《ここ》には二人きりでいるような、そんな感覚に陥ってしまう。

しかし相手は皇帝の三男。

何より彼は過去で、玲秋と珠玉に冷宮行きを命じた張本人でもあった。

(あの時は耳を疑った)

玲秋は当時、紫釉が妹の珠玉に対して酷《ひど》い仕打ちをしないと信じていた。何故なら当時の彼は他の皇子皇女と異なり、後宮で暮らす幼い妹である珠玉に優しかったからだ。玲秋が彼の身代わりとなり傷を負ってからは、玲秋に傷を労《いた》わるよう文を送ってくれることもあった。

後宮で大人達に囲まれ不自由な思いをしているだろうという労わりの文と共に、人形や玩具を贈ってきてくれていたことを、常に珠玉と過ごしていた玲秋は知っている。

時には珠玉と共にいる玲秋にも「困ったことはないか」と文を送るほどに親切だった。

だからこそ玲秋には分からなかった。

紫釉が何を考えているのかを。

「何を考えている」

「えっ？」

心の内を読まれてしまったのかと思った。

「難しい顔をしていた。何か懸念があれば相談に乗るが」

「恐れ入ります。ですがご心配頂くような悩みはございません」

「そうか……玲秋殿は妹、珠玉の世話役を任されていると聞く。大切な妹の世話人だ。いかなる時も貴女の相談に乗りたいと思う。いつでも文を出してくれ……助力は惜しまない」

「有難《ありがた》きお言葉、感謝いたします」

社交辞令だと分かっていても嬉《うれ》しい言葉に、玲秋は笑みを浮かべて礼を告げた。

無骨な声色でありながらも、紫釉の気遣いが強く感じられる眼差《まなざ》しに玲秋はどう表情を浮かべれば良いか分からなかった。

生前に知り合った紫釉は王族であるというのに気兼ねなく接してくれる優しい皇子だと思っていた。

長兄の毒牙が自身だけではなく、周りの人間にも掛かることを申し訳なく思う心情を珠玉と玲秋にあてた文に記していたこともあった。

（だからこそ、私には分からない……どうして皇子があのような事をなさったのか……）

あの時、内乱により凰柳城《おうりゅうじょう》が堕《お》ち皇帝が弑《しい》された時。

　紫釉がどのように思いながら戦の先導に立ち、実父を殺《あや》めるに至ったのかなど玲秋には分からない。怒涛《どとう》の如《ごと》く謀反の旗をあげ、王朝を血色に染めた第三皇子の恐ろしさは、冷宮に捕らえられた官女らから口伝えに聞くだけであった。恩も情もなく、ただひたすらに悪政を粛正する彼の手腕は素晴らしいと同時に恐ろしいのだと。冷宮で聞こえる声など些《さ》細《さい》なものではあるが、それでも彼の行動に皆が噂するばかりだった。

　当時の玲秋は恐ろしいながらも、それでも信じていたのだ。珠玉が冷宮に送り込まれたことも、紫釉の知らぬところで起きているのかもしれないと。いつか必ず紫釉が珠玉を救いだしてくれるのかと。

　しかし現実はあまりにも残酷だった。皇帝徐欣の墓で生き埋めにされたあの時間を思い出すだけで、玲秋の身体《からだ》は恐怖で震えあがる。

「どうした？」

　不意に声を掛けられ、玲秋は驚いて顔を上げた。心配そうに真《ま》っ直《す》ぐと玲秋を見つめる紫色の瞳がそこにはあった。

「…………いえ」

　玲秋は思わず目を逸《そ》らした。

　恐怖と、申し訳なさがあった。彼の瞳が心から玲秋を気遣っていることが分かるのに。

その心を素直に受け止めることが出来なかった。

（紫釉皇子に何処《どこ》まで陳情すべきなのか分からない。この御方を信じているだけで良いと驕《おご》っていた己を忘れたわけではない。けれど……）

何もせずに今を生きていても、待ち受けていることが地獄であるのは変わらない。信じていようといまいと、きっと死からは逃れられないのだ。

玲秋は静かに拳を握り締めた。

馬に乗り後宮の正門にたどり着き、畏れ多くも紫釉に差し出された手によって馬を降りた玲秋はその場で紫釉に対し平伏《ひれふ》した。

「……何のつもりだ」

「紫釉皇子に陳情申し上げたいことがございます」

「…………聞こう」

「有難《ありがと》う存じます」

玲秋は頭を下げたまま続ける。

玲秋の真摯なまでの願いを紫釉は理解したのだ。

「どうか、珠玉公主を安州でお過ごしできるよう取り計らって頂けますでしょうか」

「安州に？　何故《なぜ》」

「後宮は決して安全な住まいではございません。今でこそ周賢妃のお名前あってこそ健やかに暮らせておりますが、珠玉公主の御身を考えるに、兄君のお傍《そば》で暮らすことが幸いと感じております」

「…………」

「私は有難いことに周賢妃に拾って頂いた身により、生まれた頃より公主のお傍に置いて頂きました。まだ二つの幼い公主が暮らすには、今の後宮は恐ろしい場所と化してきております。恐れ多いことは承知で申し上げます。どうか、珠玉公主を安州にお願い申し上げます」

到底あり得ない願いだと玲秋は承知している。

それでも気にかけてくれる切っ掛けになって欲しい。そんな思いから願い出た。

紫釉は頭を下げたまま願う玲秋に一歩近寄り、膝を折る。彼の着た質の良い服が地についてしまうのだが、それを気にする様子もなく紫釉は口を開いた。

「顔を上げよ」

意外にも近くに聞こえた紫釉の声に幾ばくか驚きつつ玲秋は顔を上げた。

見上げた目の前に紫釉の顔があった。そこには深く吸い込まれるような紫紺の瞳があり玲秋を見つめていた。

「その話を叶《かな》えることは出来ないだろう」

紫釉の言葉に、玲秋の心は雪のように冷えた。唯一の頼りを断られたことによる落胆が、感情以上に心を凍《い》てつかせたのだ。

「…………………」

言葉を放つことも出来なかった。ただ、反論することなど到底できるはずもなく、玲秋は黙ったまま俯《うつむ》いていく。

(早計だった……縋《すが》る思いで願い出るべきではなかったのよ……)

身の保証すらこの先どうなるか分からないのであれば、せめて珠玉を安全な場所に遠ざけたかった。それしか、今の玲秋には生き延びる術が思い浮かばなかった。与えられる機会も少ない。陳情するなら今しかなかったとは言え、やはり早計だったのだ。

玲秋の眦《まなじり》が微《かす》かに滲《にじ》んでいたことに気付いたのは紫釉が先だっただろう。玲秋は、己の感情にすら気付くこともできないほどに自責していた。

俯き言葉を失う玲秋の様子を見つめていた紫釉の眉が次第に下がっていく。明らかに視線を一度逸らしては再度玲秋を見、そしてまた困ったように眉を寄せた。

「……だが……代わりの案をそなたに与えたい」

茫然《ぼうぜん》としていた玲秋が顔を上げれば、困ったような表情を浮かべる紫釉の瞳に自身の姿が映る。紫の瞳は迷いながらも、それでも真っ直ぐに玲秋を映し出していた。

「私の行動には監視が付きまとっている。今、私が珠玉を動かせば父と兄が目をつけるだろう。かえって珠玉の身を危険に晒《さら》すことになるだろう」

「………」

「兄のことだ。私が珠玉を攫《さら》い、周賢妃の故郷高州《こうしゅう》を取り込み攻めてくるのだと虚言しだしかねん。そうなると高州にも被害が及んでしまう。それは得策ではない」

「仰《おっしゃ》る通りにございます……」

玲秋は己の浅はかさに顔を赤らめた。

そこまで考えず、闇雲に珠玉の身を案じた自身が恥ずかしかった。もし要望を叶えてもらったとしても、紫釉の言う通り更に珠玉を危険な目に遭わせてしまっていただろう。

「恥じることはない。そなたは珠玉の身を案じてこそ呈してくれたのだ。その心遣いに感謝すれど、窘《たしな》めることなど一つもない」

「勿体《もったい》ないお言葉です」

「だが、そなたの言う通り後宮は決して安全な場ではないだろう。なので一つ提案がある。そなたには側仕《そばづか》えの官女が少ないと聞く。そこで私の家臣と知られぬよう人を用意する故、その者に後宮内で珠玉を護衛させようと思う。勿論《もちろん》、そなたの護衛も兼ねてな」

「…………私に護衛は必要ないかと存じますが」

「否、必要だ」

そうだろうか？

思わず告げようかと思ったものの、紫釉の瞳に宿る意志は強固に見え、玲秋は押し黙る。

その様子を見て紫釉も満足したのか、僅かに表情を緩めて玲秋を見る。

「私の信用できる者を傍に置いてくれれば、私としても有難い。そう言えば納得するだろうか？」

玲秋の困惑を汲《く》み取るように告げるその言葉に、偽りはないと感じた。彼の表情は硬くどのような感情を抱いているかは分からないが、それでも言葉と眼差しから玲秋に対する敵意など一切なかった。それどころか本気で労わってくれているのではないかと思う。

真っ直ぐに玲秋を見据える紫釉の姿を見つめながら玲秋は心の中で尋ね続ける。

『何故、珠玉様と私を殺したのですか』

『紫釉皇子はそれほどまでに……あのように生き埋めにするほど私達を憎んでいらしたのでしょうか』

『何かご事情があったのであれば、私はそれを知りたい』

殺されることへの恐怖はあった。けれど、それ以上に玲秋は知りたかった。心優しいと思っていた紫釉が、何故自分達を殺める行動に至ったのか。

今の彼の行動にも玲秋の理解が追いつかない。護衛を提案した紫釉の思惑も分からなかった。以前であればそのような提案は無かった。後宮での暮らしに不自由がないよう取り計らいしてくれたことはあったものの、それでも護衛や内部の人事にまで関わるようなことは無かったのだ。

（早計に物事を決めてしまうことが賢策でないことは痛いほど理解している。けれど、今

は紫釉皇子の言葉に頷《うなず》くことしかできない）

今の玲秋には考えをまとめるだけの十分な情報がない。だからこそ、少しずつでも情報を得る必要がある。

自身らを殺めた紫釉を信頼することは、本来であれば難しいだろう。けれど、今の彼は玲秋の想《おも》いを全て理解した上で護衛について命令をするでもなく相談をしてくれたのだ。

その想いを理解しておきながら、皇子に断りを告げるほど玲秋は愚かではない。

玲秋は感謝の意を込めて、ゆっくりと頭を下げた。

下げながらも心は少しも休まることなく、指先は微かに震えていた。

（真実を知る必要がある……何故、皇子が私達を殺めたのか）

そうでなければ、この先も同じ道を辿《たど》ることになると玲秋は思った。

けれどそれ以上に理解していることがある。

今の無力な玲秋には、結局のところ紫釉を頼り縋ることしか出来ないのだ。

頭を下げたまま黙り続ける二人の間に風が靡《なび》く。

玲秋が見ることのない紫釉の瞳は、どこか寂しそうだった。

ようやく。

ようやく相まみえた。短くも長い時であった。

再会した彼《か》の女性は何も変わってなどいなかった。

質素な衣を身に纏《まと》い、控えめにも顔を上げれば真っ直ぐに紫釉を見つめてきた。

そこには媚《こ》びるような感情もなければ妬みや殺意など以《もっ》ての外《ほか》だった。

ただひたすらに敬愛している公主を守るため、彼女は必死だった。

彼女は何も変わっていなかった。

紫釉は後宮の外で待っていたらしい官女と共に玲秋が正門をくぐる姿を黙って見つめていた。

誰もが立ち寄れない皇帝の妻に与えられた後宮に、紫釉は足一歩踏み入れることは出来ない。たとえ皇帝の子息とはいえ、ここは皇帝のために誂《あつら》えられた女だけの世界。その世界に踏み入ることは容易《たやす》くない。

しかし彼女はここにいるのだ。

たとえ紫釉の父である皇帝に相手にされまいと、無下な扱いを周囲から受け、妃《きさき》という には貧しい暮らしをしていようと。

玲秋はここにいるのだ。

紫釉は一つだけ小さな溜《た》め息《いき》を吐いた。

それが感嘆によるものなのか、それとも嘆きからくるものなのかは自身でさえも分からなかった。

ただ、先ほどから指先が微かに震えているため、ひどく緊張をしていたらしい。

もう一度だけ息を吐いてから、愛馬に跨《また》がった。

「城に戻る」

遠くから見守っていた衛兵に声を掛ける。

彼等は黙って紫釉の後ろをついていく。

ここに長居しては父と兄に勘ぐられてしまう。

そもそも一介の倢伃を馬に乗せて後宮に戻したことすら噂《うわさ》されてはならないのだが。

紫釉には我慢が出来なかった。たとえ年齢以上の聡明《そうめい》な考えの持ち主であったとしても、その我儘《わがまま》だけは貫き通したかった。

会いたいと願っていたのだ。

滅多に会える機会などない。そんな中で出会った一人の女性。

珠玉に向け歌を歌い、笑みを絶やさず愛《いと》しさを溢《あふ》れんばかりに妹を見つめる玲秋の姿を見た時から。

紫釉の感情は全て玲秋に向けられたのだ。

現実は容易くない。

紫釉は汪国の第三皇子だ。決して軽はずみな行動をしてはならない。行動一つで命を失う可能性があることは重々承知している。

馬上から振り返る。

遠ざかった後宮は仰々しい塀に囲まれ、別次元のように存在している。

妃達が表に出る機会は予《あらかじ》め定められている。今日のような祥月命日が良い例だ。更に皇帝は何かと理由をつけては外に出て享楽に耽《ふけ》るため、その折に幾人もの妃を連れ歩く。

お陰で後宮内は官女が蔓延《はびこ》り警備も手薄になることを紫釉は知っている。

父の愚行も、この時ばかりは感謝すべきだと紫釉は笑った。

後宮の天に昇る太陽を見上げる。

この空の下に玲秋がいる。

確かに存在している。

幼い妹と穏やかに過ごしているだろう玲秋の姿を思い浮かべれば。

それが何よりも、紫釉の心を安堵《あんど》させたのだった。

二章　天の祭祀

　祥月命日より十数日が経《た》った頃。

　肌寒さから冬の訪れを感じる季節となっていた。

　いつもなら起こしに来る芙蓉《ふよう》が目覚めの時刻となっても訪れなかったことに玲秋《れいしゅう》は首を傾《かし》げる。

　玲秋自身はいつも起こされるより前に起床しているため困ることはないが、それにしても遅い。

　寝台から起き上がり寝巻き姿のまま部屋を出る。

「芙蓉？」

　呼びかけてみるが返事はない。

　だが、建物の入口付近で話し声が聞こえてくる。

　目覚めの刻から来客とは珍しい。

　訪れた者が珠玉の官女かもしれないと思い、玲秋は上から羽織りを着て入口に向かった。

「芙蓉。どうしました？」

「小主」

入口前に立っていた芙蓉が驚いた様子で振り返る。

その表情には何処《どこ》か嬉《うれ》しそうな、それでいて申し訳なさそうな感情が浮かんでいた。

訪問者を見て驚いた。

扉の前には滅多に訪れることがない宦官《かんがん》がいたからだ。

彼の隣には齢《よわい》四十を優に過ぎた女性が毅然《きぜん》と立っていた。

玲秋に気がつくと彼女は微笑《ほほえ》んだ。笑い皺《じわ》がありながら、どこか若さを感じさせる笑顔だった。

「このような早朝に申し訳ありません。何分、多忙なものですから」

僅かに声が高い宦官が慌ただしい様子で玲秋に対し頭を下げる。玲秋が断るより早く顔を上げ、話を続けた。

従来であれば失礼な作法であるが玲秋は気にしなかった。

「本日より徐《じょ》倢《しょう》伃《よ》の官女、芙蓉は趙《ちょう》昭《しょう》儀《ぎ》に仕える運びとなりました。代わりの官女として祥媛《しょうえん》をご紹介いたします。祥媛、挨拶を」

祥媛と呼ばれた女性は宦官の態度が気に入らないのか一瞬だけ男を侮蔑したかと思いきや、玲秋に向けて先ほどの笑みを浮かべ、手を前に揃《そろ》え膝を折り丁寧に頭を下げた。

臣下として最上級の挨拶作法だった。

明らかに宦官へ見せつけている。

「徐倢伃に拝謁賜ります。姓は翁《おう》、字《あざな》は祥媛と申します。今より徐倢伃にお仕えし、誠心誠意をもって忠臣となることをお約束申し上げます」

「許します」

玲秋は膝を折って礼をする祥媛の肩に手を取り彼女を立ち上がらせた。背の丈は玲秋より僅かに低いだけで目を合わせやすかった。

「皇帝のご高配に御礼申し上げます……芙蓉」

「は、はい！」

突如呼ばれた芙蓉は上擦った声色で返事をする。

「今まで本当にありがとう。趙昭儀の元でも器量良い貴女《あなた》ならば活躍が出来ることでしょう」

「あ……ありがとうございます！」

芙蓉は慌てふためいた様子で頭を下げた後、宦官と共に屋敷《やしき》を去って行った。

まだ若い芙蓉には質素で皇帝からの寵愛《ちょうあい》も受けない玲秋の元にいるのは内心不満も多かっただろう。次の主《あるじ》が寵愛された妃であるならば官女として勤める彼女の待遇も良くなる。

ただ、待遇が良くなる分諍《いさか》いも増えるのだが、そこまで玲秋が気に掛けるところではない。

芙蓉には芙蓉の戦いがあるように、玲秋もまた勝利しなければならない戦いがあるのだ。

(以前はもう少し時が経ってから芙蓉が離れたのだけれども……それに)

玲秋はそっと祥媛を見た。

以前は芙蓉が離れた後、新しい官女など付かなかった。

だから、祥媛という人物を玲秋は知らない。

祥媛は穏やかに微笑みながら「お食事とお着替えを致しましょう」と玲秋を建物の中に誘導した。

導かれるまま部屋に戻ると、まず着替えが始まる。

初めて紀泊軒《きはくけん》に訪れたというのに、祥媛の手際は鮮やかだった。住み慣れた芙蓉以上に手早く支度着を準備し、閊《つか》えることなく着替えを済ます。

支度が終わる頃、丁度よく朝食が運ばれる。

これもまた手際良く祥媛は卓に載せ、玲秋に声を掛ける。

「……祥媛は以前どなたかにお仕えしていたのかしら？」

あまりにも出来すぎる。優秀すぎるのだ。

茶を淹《い》れ運んできた祥媛に尋ねてみればすんなりと返事があった。

「左様にございます」

「どなたであったのか聞いてもいい？」

「安州《あんしゅう》州牧《しゅうぼく》にございますよ。州牧がお生まれになった頃は乳母としてもお世話をしておりましたが、以降は官女として側仕《そばづか》えしておりました」

「安州……州牧……」

茶を飲む手が止まった。

今の安州を取り纏める州牧といって思い出すのは、紫の瞳。

紫釉《しゅ》第三皇子であった。

玲秋は顔を上げる。

相変わらず祥媛は微笑んでいたが。

「州牧のご命令により参りました。老体ではございますが、武力も知力も、若い男衆には負けておりませんよ」

食事を終えた後、祥媛から竹簡を渡された。祥媛を見つめていれば、少し悪戯《いたずら》を含むような愛嬌《あいきょう》のある笑顔で頷《うなず》くのみだった。

宦官に気付かれぬよう持ち運んできたらしい。竹簡には検問の印が何一つ押されていなかった。

紐《ひも》を解いて読んでみれば、送り主の名は記されていないものの、それが紫釉によって書かれたものであることがわかった。

『約束は違えない。如何《いか》なる時も相談に乗る故に貴女からの文を待つ。文を書いたならば祥媛へ。誰と知られることはなく私の元に届くだろう。嫌疑をかけられぬよう、私からの竹簡は祥媛に燃やすよう伝えている。また文を送る』

淡々とした文面は、一度目の生の時と何も変わらなかった。あの時も、紫釉の文面は硬いながらも労《いた》わりの言葉を投げてくれていた。

竹簡の文字を指でなぞり、玲秋は不安な表情を浮かべた。

過去に戻る前の頃、時折送られてくる紫釉の手紙がささやかな楽しみだった時があった。

それが今では全く違う。抱く感情は喜びと、そして不安。拭えない恐怖だ。

(どこまで信じてよいのでしょうか)

玲秋は自身の出来る範囲で紫釉について調べた。祥媛から話をそれとなく聞いたり、官吏に会う機会があれば怪しまれないよう話を聞いたりしたが、聞けば聞くほど玲秋を困らせた。

今の紫釉には、玲秋や珠玉を殺《あや》める動機が一切見られないのだ。それどころか今の紫釉は、己の皇子としての力を使い、周囲に露見しないよう注意しながら珠玉を守ってくれていた。

(分からない……どうして、あのような事を……)

何度となく思い浮かべようと、どうしても答えなど見つかるわけもなく玲秋は小さく溜《た》め息《いき》を零《こぼ》した。

暫《しばら》く黙り込み考えた後、卓の上に墨と竹簡を用意し筆を走らせる。

まずは謝礼と挨拶から。

食事を終えた後の静かな朝の時間。

墨の香りに包まれた、玲秋にとって落ち着くひとときだった。墨の香りは玲秋の心を穏やかにしてくれる。

紫釉への文を書き終えて、すぐに祥媛に渡した。

従来後宮で文を送る場合には必ず送り先や内容を確認されるのだが、紫釉が記した内容から察するに官吏の隙を突いて文を渡せるようだ。

念のため「どのようなことを書けばよいか」と祥媛に尋ねたところ、「どのようなことでも構いませんよ」と言われたので、つまりはそういうことなのだろう。

先日の非礼を詫《わ》び、そして祥媛という素晴らしい官女を手配してくれたことへの感謝を書いた。

それから珠玉のことも書いた。

以前もこうして珠玉の様子を記していた。官吏に見られる手前、玲秋の私的な思いを伝えるようなことはせず、ひたすらに珠玉のことを書いていたが、どうやら今回も変わらないようだ。

書き終えた後、玲秋は珠玉の居る明翠軒《みんすいけん》への謁見を頼むよう祥媛へ伝えれば、どうやら紫釉への文を書いている間に手配済みだったようで、すぐに支度をさせられた。

明翠軒は後宮の東側に建てられている。かつては珠玉の母、周賢妃《しゅうけんひ》が主の屋敷だった。主がいない今、主人は珠玉となっているもののまだ幼いため皇后が後見人となってくれている。

けれど皇后も病に臥せっているため明翠軒を訪れることはない。訪ねてくるのは皇后の配下である官吏や女官だけだった。

幼子の甘える先は必然的に玲秋になった。

玲秋は珠玉が生まれた時から傍《そば》にいた。

珠玉の母である周賢妃が産後体調を崩したため、彼女に代わり珠玉をあやし、彼女の代わりに愛情を注いだ。

『玲秋。珠玉のことをよろしく頼みます』

やつれ、細くなった指先で赤子の髪を撫《な》でながら、死の淵《ふち》を彷徨《さまよ》う周賢妃は玲秋に言った。

それが周賢妃の遺言だった。

涙を拭うこともせず玲秋は永遠の眠りにつく周賢妃に誓ったのだ。周賢妃の思いを必ず遂げてみせる、と。

「徐倢伃が参りました。拝謁願い申し上げます」

「少々お待ちください」

明翠軒まで祥媛と共に歩いて向かった玲秋は扉の前で待つ間、明翠軒の庭先に咲く蠟梅《ろうばい》の花を眺めていた。まだ蕾《つぼみ》ではあるものの、あと数日もすれば花開くだろう。

そんな季節になってきたのかと玲秋は空を見上げる。

肌寒くなり、着込む衣の数も増えた。

間もなく雪も降り始める時期になる。

「どうぞ」

門から一人の官女が現れ、玲秋と祥媛を案内する。

玲秋は少しだけ首を傾《かし》げた。

明翠軒に暮らす官女の姿は全て覚えた玲秋だったが、今目の前で案内する女性を見たことがなかったからだ。

すらりとした長身の女性。余計な肉はなく、どこか武人のような佇《たたず》まいさえ感じる。

玲秋の視線に気付いた女性は優雅に微笑んできた。

その笑顔に何故《なぜ》か既視感があった。

「れいしょ！」

女性に向けていた視線は、幼い子供の声によりすぐに正面を向いた。

女官に抱き上げられた珠玉が玲秋に向けて手を伸ばしていた。

今日はサラサラとした髪を左右に二つ団子状にして結んでいる。随分と髪が伸びてきた。

「公主。おはようございます」

たとえ小さな子供であろうとも慣例の挨拶をするべきだが、以前そうして挨拶をしている間すら惜しくて珠玉が泣きだしてからは、玲秋と珠玉の間に挨拶はなくなった。

珠玉にとって最大の敬意は玲秋に抱き締められることなのだ。

「公主は本日朝食を全てお召し上がりになりましたよ」

「本当ですか」

「ええ。饅頭《マントウ》も徐倢伃の仰《おっしゃ》る通り汁物に浸してから少量ずつであれば好んで召し上がってくださいました」

「近頃果物ばかりお召し上がりになると聞いていたものですから」

抱き上げた幼子の顔を覗《のぞ》き込んでみたら、まだほんの少しだけ口の端に食べ残しがくっついていた。指でそっと汚れを拭う。

「さあ。今日は何を致しましょうか。お歌にしましょうか」

顔を覗いて聞いてみれば満面の笑みを浮かべ笑い出した。

「れいしょあしょぼ」

「ええ、遊びましょうね」

まだ言葉も単語を並べるだけの小さな公主を抱き上げながら玲秋は明翠軒の中庭へ向かったのだった。

暫くの間一緒に遊び、昼食の時間となるといつも一緒に食事を摂《と》る。

食事を済ませると午睡を取る。

玲秋は眠くなって頭をコクリコクリと揺らしだす珠玉を抱いて彼女の寝台へ連れていく。

寝台に横になる公主を優しく撫でている間に幼子は眠りにつく。

ここまでが玲秋の日課だった。

午睡を終えた後の珠玉は教育係に言葉や歌を習う。勿論《もちろん》まだ二つのため勉学というよりはお遊戯に近い。それでも今の間から教育は始まるのだ。

玲秋は眠る珠玉を優しく見つめてから音を立てず寝台から離れた。

待っていたらしい女官に礼をし、建物の入口へ向かった。

外では祥媛が待っていたが、一人ではなかった。

先ほど案内してくれた背丈の高い女性と一緒だった。

「小主」

祥媛が玲秋に気付きこちらに向かってきた。隣を女性も歩く。

正面に立ち止まると祥媛が女性に視線を向けた。

「ご紹介いたします。私の娘、余夏《よか》でございます」

「翁《おう》余夏と申します。徐倢伃にご拝謁申し上げます」

「娘……」

そうか。

彼女の笑顔に既視感があったのは、祥媛の笑顔に似ていたからか。

「娘は女の身ではございますが武術剣術に長《た》けておりますため、吏部《りぶ》の推薦もあって珠玉公主の護衛と官女を任せられました。至らぬこともございますがよろしくお願い申し上げます」

祥媛の話から分かったのは。

余夏もまた、紫釉による手配であるということだった。

(約束を違えないというのは……本当なのですね)

紫釉の文に書かれた言葉を思い出す。

今の彼ならば、信じてもいいのだろうか。

そんな期待を、どこか縋《すが》るように想《おも》いながら玲秋は祥媛と余夏を見つめた。

日は南に昇り、あとは沈むだけ。

けれどどうかこの想いは沈むことなく、永遠に昇り続けていてほしい。

そんなことを願わずにはいられなかった。

幾日か過ぎた後、紫釉からまた竹簡が届いた。

すっかり暮らしに慣れた様子の祥媛が何処《どこ》からともなく竹簡を渡してくる。

玲秋には一体どうやって彼女が紫釉からの竹簡を受け取っているのか分からない。それほどまでに祥媛は完璧なのだ。

少しばかり逸《はや》る気持ちを抑えながら竹簡を広げ、文字を読んだ。

目線が、とある一文に留まった。

『天の祭祀《さいし》には理由をつけて参加しないでほしい』と。

天の祭祀。

郊外で行われ、特に冬の儀式は新たな年を迎える汪国《おうこく》では絶対の祭典である。

何よりこの天の祭祀は玲秋にとって忘れられない記憶でもあった。

一度目の生の時、玲秋は紫釉の身代わりとなって首に傷を負ったのだ。

（どういうこと……？）

その祭祀に「参加をしないでほしい」と願う紫釉の気持ちが、玲秋には疑問となって残り続けた。

天の祭祀は、天地を祀る儀式。

汪国より南郊《なんこう》で執り行われる大礼である。これには必ず天子たる皇帝、ならびに皇帝の子孫は全て参加しなければならない。

始祖を敬い、天を敬うための儀であり、何より新たな年を始めるための儀式として汪国では大事な祭祀だ。

これには必ず妃嬪《ひひん》も参列する。

南郊に大移動する行列は町民にとっても年の瀬を感じさせる恒例行事となっていた。

玲秋が過去に戻る以前のことだ。

過去、天の祭祀に参加した玲秋は、移動で疲れ体調を崩すことが多かった珠玉の世話をしていた。

その日は特に寒く、寝付きの悪かった珠玉を休ませた後に玲秋の寝所である天幕に移動する時だった。

薄暗い中、側仕《そばづか》えの官女は寝所の支度で不在だった。

それでも近辺に衛兵もいるため、何一つ不安を抱くこともなかったのだが。

その考えは大いに覆されることとなった。

玲秋が歩いていると一人の若き皇子と対面した。

薄暗闇の中であっても相手の衣服が高級な調達品であり、その姿だけで皇族の一人であることが分かった。そして、姿や年齢からすぐに理解する。皇帝の子息たる第三皇子紫釉であると。

玲秋は相手が紫釉と分かるや否や膝を折り、頭を下げた。

ここは皇族が寝泊まりするための区域。偶然とはいえ皇族である紫釉に遭遇した玲秋は、首《こうべ》を垂れて彼が通り過ぎるのを待たなければならない。

過去、玲秋と紫釉は今のように交流があったわけではない。だが、他の妃《きさき》に比べてみれば顔を合わせる機会はあった。それはひとえに紫釉が珠玉に情を見せてくれていたからだ。何かと行事の折に珠玉に顔を見せる紫釉の顔を、一方的に拝見する機会が多かったためである。

不思議なことに、長兄にして時期王位継承権を持つ巽壽《そんじゅ》よりも、紫釉の顔を見ることが多かったのだ。式典になど参列しても皇族と顔を合わせる機会など滅多にない。だというのに、生前の玲秋は紫釉の顔を覚えるぐらいには顔を見る機会が与えられていたのだ。だとしても、玲秋と紫釉ではあまりに立場が違いすぎる。そう気軽に話しかけて良い相手ではない。

頭を下げているために紫釉の表情や姿までは見て取れないが、移動する方向から察するに紫釉の寝所となる建物に向かうところなのだろう。

その先には皇族にのみ用意された行宮《あんぐう》があった。

この地は冬の時期に利用される別荘地でもあった。皇族に連なる者および皇帝からお呼びのある妃嬪のみ行宮で過ごすことが許されていた。

玲秋は連れていく妃嬪の中に選ばれなかったため、他の官女達と同様に天幕を与えられその中で過ごすように言われている。

だが、珠玉の遊び相手であり子守役でもあったために行宮の内部に入ることは許されていたのだった。

その中で出会った紫釉皇子が行宮に居ることは当然であった。

玲秋は紫釉が通り過ぎ姿が見えなくなるまで頭を下げていたのだが、下げていたために発見することが出来たものがある。

暗い木々の中で矢尻《やじり》が輝くその光を。

「皇子！」

何を、どう説明すべきかなどその時の玲秋には分からなかった。

ただ紫釉に向けられた殺意を目の当たりにした玲秋は、不敬を承知で紫釉の前に飛び出した。

急な玲秋の動きに驚く紫釉の瞳と目が合う。

薄暗い中でさえも濃紫の瞳がよく映えた。

途端に、首筋に燃えるような痛みが生じた。

あまりの痛みに声をあげることすらできず、玲秋はその場に倒れた。

首から溢《あふ》れ出る自身の血の匂い。

焼けるような痛み。

痛みに蹲《うずくま》り脂汗をかく玲秋に誰かが近づいた気配だけが分かった。

耳鳴りがする中で、喧騒《けんそう》の音だけがぼんやりと霞《かす》み聞こえてくる。

体を起こされ、出血する首に強く布を押し当てられた。その圧迫に悲鳴を上げる。

痛くて涙が滲《にじ》む瞳に紫釉皇子の姿が映った。

美しい宝石のような紫の瞳がこちらを見ていた。

その表情は澄ました表情とはかけ離れ、悲愴なほど焦った表情だった。

(困ったお顔は公主に似ていらっしゃるのね)

痛く辛《つら》く、体も悲鳴をあげているというのにそんなことを考えて。

おもわず玲秋は笑った。

その後意識を失った玲秋は五日の間生死を彷徨《さまよ》いながらもどうにか目を覚ました。

運よく矢の切っ先に掠《かす》り首の皮を破いただけの傷であったが、矢に毒が塗られていたため玲秋は解毒するまで瀕死《ひんし》の状態だったのだ。

目覚めてから暫《しばら》くは病床の身として扱われたが、毎日お見舞いと言っては会いに来る珠玉と共に床にいながら遊び回復を待った。

ようやく起き上がれるようになった時には既に夏の日差しとなっていた。

（また繰り返される事象であるならば、私はどうすればいい？）

あの時の痛みは覚えている。

思い出すだけで恐怖に身は震える。本能的に避けたいとさえ思うが玲秋は自身にそれを許さなかった。

ただ、ふとした考えに囚《とら》われる。

（けれどももし、皇子をお救いしなければ……）

謀反が起きないのではないか？

二年後に起きる紫釉の謀反によって玲秋と珠玉は殺された。

その元凶となる紫釉を見殺しにするという選択を、まるで魔が囁《ささや》くように脳裏に思い浮かべてしまった。

己の浅ましい考えに体が自然と震え、そして恐怖した。救いたいと同時に、見殺しにしてしまうべきなのかという思考も、どちらも玲秋の考えなのだ。

けれど。

（私はまだ、何故《なぜ》皇子が公主と私を殺《あや》めたのか答えを知らない）

この先に彼を変えてしまうほどの事象が起きてしまったのかもしれない。或《ある》いは殺めなければならない事情があったのかもしれない。

繰り返される未来を考えるならば、この場で紫釉皇子の暗殺を黙認することも出来るだろう。だが、玲秋はその考えを否定した。

もし彼が非道で残虐な皇子であればこんな決意も抱かなかっただろう。己の醜悪な思考に嫌気を抱きながらも、きっと玲秋は見捨てたかもしれない。

だが、今も以前も紫釉は珠玉にも玲秋に対しても優しい皇子だった。

謀反の首謀者が紫釉であったと知らされた時も、最後の最後まで玲秋は紫釉を信じていたのには理由がある。

むしろ、何故玲秋と珠玉は紫釉に殺されたのか知りたかった。かつて、文を交わし数度しか顔を合わせる機会が無かった紫釉を、どうしてこうも信じたいと思うのだろう。

(本来ならば信じるべきではないのかもしれない……けれど。信じたいと期待してしまう)

自身の直観を信じたいと思った。殺される瞬間まで信じて疑わなかった紫釉の優しさが偽りでないと、どうしても期待してしまう愚かな自身を。それでも尚《なお》信じたいと思った。

何度となく見放され、信じる者など珠玉と珠玉の母である周賢妃ぐらいだった玲秋にとって、自身の心がよく分からなかった。

暫くして部屋に戻り、玲秋は夕暮れに差し掛かった日暮れの光を頼りに文を書き始めた。

紫釉に宛てた文には、丁寧に相手の気遣いに感謝する言葉を並べると共に。

天の祭祀への出席を望んでいることを記したのだった。

汪国の東部にある安州。

州都となる春雷《しゅんらい》の都に州城が構えられている。名は燕青城《えんせいじょう》という。

広大な東の山脈から飛び交う燕《つばめ》の中に青い目を持つ燕が建設中の城に留まったことから名付けられた城の中。

紫釉は竹簡を読んでいた。

燕青城は外からの攻撃に備え標高の高い箇所に城を構えている。窓辺からは汪国の恵みの水と言われる広い河が見える。

水路を貿易輸送の主とする民の舟が小さいながら見えるが、紫釉は外の景色を一切見ず竹簡に集中していた。

読み終えた後、憂える溜《た》め息《いき》が漏れる。

側仕えしている官吏が滅多にない主君の溜め息に手を止め視線を向けた。

墨で汚れても目立たないという理由で黒い服を好む主君が物憂げに竹簡を見つめていた。

側仕えの男は、近頃雰囲気が変わった主君たる紫釉に首を傾《かし》げる日々だった。

服装も今のように自らの意思で実用的な黒い服を着るようになった。以前は、多少の好みはあったものの官女が持ってきた服を着ていた。

何より変わったのは仕事だ。

安州州牧に命じられてから一年と経《た》っておらず、慣れない呼称や仕事も多いため他の役人の手助けを常に必要としていたのだが、この頃は全くといってその様子が見られない。それどころか先を急ぐように物事を進めるため、周囲の者が手助けを必要とするほどだった。

その甲斐《かい》もあり安州は見違えるほど景気が回復していた。

だが官吏の男が最も変わったものは表情だと思った。

彼は十四歳という若者でありながら大人のように達観した表情を見せるのだ。

子供なのだからと思い侮っていた感情は瞬く間に消え去った。

子供だからと舐《な》めた家臣は皆痛い思いをし、再起不能にまでに陥った。

そんな姿を目の当たりにしていれば否《いや》でも理解するだろう。

そんな、大きく変わったように見える主君が最も人間味ある表情を見せるのはいつだって届けられる文の前だ。

文の差出人は紫釉の乳母にして家庭教師でもあった祥媛という女性である。数か月前までは安州で勤めていたのだが、近頃は凰柳城《おうりゅうじょう》で母娘《おやこ》共に勤めていると聞く。

官吏は紫釉にとって近親者に近い祥媛だからこそ、そのような表情を浮かべるのだと思っていたが。

その文の差出人が祥媛の名で送られてくるだけで、玲秋による文だと知る者は。

紫釉以外、誰も知ることはない。

竹簡を読み終えれば大事に巻き戻し手元に収める。

そうして、また深い溜め息を一つ。今日に限って紫釉は溜め息の数が多かった。

（…………ままならないな）

文に記されたのは、玲秋による天の祭祀《さいし》に向けた出席の返答だった。

紫釉が願い出た欠席してほしいという旨に対して丁寧に詫《わ》びながらも、珠玉のためであり行事に参加することが妃としての務めであることなど出席を望む理由を懇切丁寧に書いてくれていた。

彼女の文の端々から、紫釉に対する申し訳なく思っている心情が感じ取れた。

（困らせたいわけではなかった）

きっと彼女は、申し訳なく思いながらも書いたのだろう。日頃の文よりも少し硬い文章に一抹の寂しさを抱いてしまう。それが、紫釉自身のせいでもあると知っているからこそ尚更《なおさら》だ。

玲秋は控えめな性格に見えて意志が強い。それも、自身のためではなく他人の、珠玉の事を考えればより強固となる。それこそ紫釉の前に跪《ひざまず》き願い出るほどに強い。

だからこそ、この文に記された事は事実となるのだろう。

（其方《そなた》が参列を望むというのであれば）

行動は決まっている。

守るだけだ。


月日は巡り、後宮を飾っていた紅葉の木々も葉を散らし寒々しい景観となっていた。

時折夜には雪もちらつくようになり、本格的に越冬に向けて支度が整えられていった頃。

天の祭祀の日が訪れた。

早朝から後宮だけではなく外朝も賑《にぎ》わいを見せていた。

幾千にも及ぶ守衛兵が列を乱さず並び広場で起立し、皇帝が現れる時を待つ。

皇帝徐欣《じょきん》は深夜までの深酒に寵姫《ちょうき》との褥《しとね》の時間で寝不足ではあったが、その疲れを見せず正装に身支度し人籠に乗って移動を始めた。

徐欣の体は大きく、近頃は酒により一層重みを増したため人籠の人員が増えた。

人籠の揺れが大きければ叱責を食らう。それどころか極刑の恐れもある。

籠を運ぶ男達の手は緊張していた。

回廊を進み広間まで向かえば、南部へ向かうための轀輬車《おんりょうしゃ》が用意されていた。轀輬車は広く人が横になれるほどの広さを誇る。屋根、荷台の至るところに装飾が施されている。民に対し威厳を示すために命じ作らせた宮殿のような馬車を見て、徐欣は満足そうに口角を上げた。

広場で立っていた守衛兵らが一斉に跪拝《きはい》し皇帝に敬意を見せた。

皇帝はその光景を静かに受け止めた後、轀輬車に乗り移動が始まった。

この時守衛兵らの中には各州を守護する大将軍らも含まれていた。

一人、長い髪を垂らしながら跪拝していた男は地を睨《にら》みながら心の中で悪態を吐いていた。

（醜悪な乗り物だ）

あれを見て民が抱く感情が敬意や畏れだと思う皇帝の頭がおかしいのではないかというのが男の率直な感想だ。

言葉には出来ない悪態を延々と思う。

民は昨今の不作に不満が多い。

その中で必要以上に華美な馬車に皇帝が乗っていればどのような印象を与えるのかなど、賢い頭さえあれば分かるではないか。

だが、現皇帝はそのような進言をする者の声を何一つ聞かなかった。

それどころか、今以上に悪政に傾いていることを男は知っていた。

皇帝の馬車が去った後、暫《しばら》くして後宮から幾多もの馬車が進みだした。

まずは皇后であるが、彼女は体調が思わしくないためひどくゆっくりと移動する。

そのため道を譲る形で四つの馬車が進む。

四夫人である。

四夫人から少し離れて現れた馬車に頭を下げながら様子を見ていた者達は驚いて僅かに動揺を走らせる。

少し遅れて移動する九嬪《きゅうひん》の中で、明らかに華美な馬車があったのだ。

その華やかさから、皇帝徐欣が命じて作らせた馬車だと分かる。

馬車の現れた順から察し、乗っている嬪《ひめ》は趙昭儀であった。

最も皇帝から寵愛《ちょうあい》を得ている彼女が、内外に対し己の立ち位置を主張しているのだ。

何よりも醜悪なことだと将軍の位にいる男は更に悪態を心の中で吐いた。

皇帝が代わったところで次の代に立つ第一皇子も似たような人間であることを知っている。

それでも男は皇帝に跪拝する。

先頭で派手な馬車に乗っているであろう皇帝に、冷めきった忠誠心を見せるため頭を下げ続ける。

信頼を失い続けている汪国皇帝に劉偉《りゅうい》が忠誠を尽くすには理由があった。皇帝の妻の中に唯一の縁者が存在するからだ。

四夫人の馬車の、そのいずれかの一つに大将軍たる紹《しょう》劉偉が信頼する者が乗っている。

劉偉が見守る馬車……つまり彼の姉の乗った馬車は、皇帝や趙昭儀のように寝台のような作りではないため、一般的なものであった。民と異なるのは馬車に天蓋を設け、席には寛《くつろ》ぐための装飾や枕が用意されていることだ。

布で覆われた馬車から妃嬪《ひひん》の顔を見る機会を得るはずもなく、ただ確実にその中にいることだけは分かっている。

華美な行列をつくっていた妃嬪らが立ち去り、姿が見えなくなった後、将軍は立ち上がった。

「すぐに移動する」

低く通った声に周囲の配下は声を上げる。

劉偉は長い髪を軽く払い、長い足で馬を待たせた城外に向かったのだった。

移動が始まってから暫くして、玲秋は覆っていた布を自身で捲《まく》りあげ紐《ひも》で留めた。そうすることで外の景色がよく見えた。

「………懐かしい」

外の景色はいたって平凡であった。

広大な草原。時折畑が見える。

畑仕事をしていた者らは皆頭を下げているが、作法がなっていない者は時々顔をあげてこちらを覗《のぞ》いている。

何処《どこ》か遠くで子供達の習い歌が聞こえてくる。

玲秋は目を閉じた。草木の匂いを嗅ぎ、小さな子供の笑い声を聞いた。

遠い、懐かしい幼い頃の思い出を感じさせる景色と匂いは。

ほんの少しだけ、玲秋に郷愁を思い出させたのだった。

向かう先である南部の郊外、錦州《きんしゅう》は第一皇子の巽壽《そんじゅ》が州牧を務めていた。

南は汪国内で最も豊かにして経済の中心地と言われるため、代々次期皇帝となる皇太子が州牧を務める。

巽壽が成人の儀の際、皇帝徐欣に与えられてから十年は経つ。

毎年天の祭祀は錦州州牧である巽壽が主導して執り行った。

例年派手さを増す祭祀だが、その割に儀式の成果は上がらない。

祭祀にはいくつもの儀礼があった。

災害を取り除くための儀礼、豊作を願う儀礼、疫病を追い払う儀礼、天地創造者たる神々への儀礼、戦や疫病により亡くなった者への鎮魂儀礼、祖先への感謝を示す儀礼と多岐に亘《わた》った。

全てを執り行うのに数日を要する。

まず、祈りを行う方角や時刻、祈願する神も異なる。

祝詞《のりと》の数も数多にあるため祭司を担う皇帝の手元には書き写した紙がある。

今より早朝から晩にかけて何度となく祈りを捧《ささ》げる。

まず初めは天地創造者たる神々への儀礼が行われた。

これは三刻ほど要する儀礼で、作法に倣い壇上前で祝詞を告げては跪拝の礼を送る習わしである。

汪国が神として崇《あが》める対象は様々であるが、大体にして東王公《とうおうこう》と西王母《せいおうぼ》の名を呼ぶことが多い。それは、現世で命果てた者も皆全て仙人となり、東王公と西王母に属し仕えると考えられていたからだ。

祈りを捧げる間、参列する妃嬪や兵もみな跪拝して待つ。

起立の声があがれば立ち上がり揃《そろ》って拱手《きょうしゅ》する。

大勢が儀礼に参列する中で、遠く末席から子供の泣き声が微《かす》かに聞こえてくる。

珠玉公主に加え、皇帝の血族である子供達だ。

子供には長く退屈な儀式であるため、儀礼の妨げにならないよう端で参加をしているのだ。

いくら子守の役目を受けているとはいえ、末端の妃《きさき》である玲秋が抜け出すことも出来ない。

玲秋は祈る。

どうか東王公、西王母の慈悲を賜れるのであれば。

あの、小さな子供達の未来が消えるような事態を取り除けるように。

（そのためならば、どんな尽力も果たします）

玲秋は無力だ。いくら未来に何が起きるか分かっていようとも動けるような立場にない。

末端の無力な妃に何が出来るというのか分からない。

それでも戻ってきた身。帰ってきた過去。

（どうかお救いくださいませ……）

玲秋は儀礼の間、ひたすらに祈り続けた。

天の祭祀から三日が経《た》った。

今は皇帝と宰相、諸侯らだけが参列する儀礼だったため、玲秋は珠玉の遊び相手になっていた。

慣れない場所、慣れない儀式に慣れない気候もあって珠玉の体調は良くなかった。

なるべく部屋から出ず甘味を食べゆっくりと過ごした。

役目を終えた玲秋が自身の天幕に戻るところで足を止める。

人の気配があったからだ。

気配の先に歩く人は、数人の官女と宦官《かんがん》、そして衛兵を従え優雅に歩いていた。

歩くだけで花の香りがふわりと漂った。

玲秋は頭を下げる。

彼女こそ皇帝徐欣が最も寵愛する妃、趙昭儀だった。

彼女の隣には数人の妃も並んで歩いていた。

クスクスと小鳥のように笑いながらこちらを見る。

「あら。貴女《あなた》は……？」

「趙昭儀はご存じないでしょう。紀泊軒の持ち主ですよ？」

「あの隅にある襤褸《ぼろ》な屋敷《やしき》に人が住んでいたの……名乗りなさい」

玲秋はゆっくりと頭を上げ、趙昭儀を見つめた。

「徐倢伃にございます。趙昭儀、張充容《ちょうじゅうよう》、斎美人《さいびじん》に拝謁申し上げます」

「…………」

嘲笑《あざわら》っていた女二人の笑い声が止まった。

滅多に顔を合わせず珠玉公主の子守しかしていない玲秋の丁寧な作法と冷静さに押し負けたのだ。

所詮田舎出の小娘と嗤《わら》いの対象にしかしていなかった女が、悔しい顔を見せることなく言葉をかわしたことが気に入らなかった。

一人がフン、と鼻を鳴らしたかと思えば玲秋に近づき睨みつける。

「頭を下げなさい。趙昭儀は皇帝陛下の寵愛を最も受ける尊きお方です。貴女のような方が並んで立つなど失礼に値する。お分かり？」

張充容の思惑に気が付いた斎もまた、玲秋の前に出て言葉を続けた。

「県丞《けんじょう》の娘風情が趙昭儀の前に立てると思っているの？」

「…………」

ここまで言われれば玲秋にも分かる。

彼女達は、玲秋に跪拝をさせたいのだ。

確かに妃としての立場も出自も趙昭儀が上であることは事実。けれど跪拝を求めるほどには立場の差は大きくない。

彼女達の言う通りに行動すれば、遠目から見ている者にも玲秋が彼女達に対して格下であり、服従する者だと認識されるだろう。

けれど歯向かったところで返ってくるのは針の筵《むしろ》。

悪質な嫌がらせが増えることも間違いない。

（そうね……この時期だったわ）

天の祭祀《さいし》を終えてから一層、趙昭儀の後宮での振る舞いが大きく出始めていたのは以前も同じだった。

そして今もまた同じことを繰り返している。

以前の玲秋は、ただひたすらに言われ続けただけだった。何も言葉を返すこともできず、樋洗《ひすまし》の妃というように誹謗《ひぼう》を受けるだけ受けて終わったのだ。反論する勇気も気力すらなく、黙って受け止めて彼女達の気が済むまで黙っていた。

不思議と、二度目ということもあるためか、玲秋は以前より冷静に物事を捉えていた。

（とりあえず今の状況から逃げ出さなければならない）

玲秋は周囲を見渡した後、趙昭儀ら三人を見据えてから穏やかに微笑《ほほえ》み、小さく膝を折った。

「皇帝からの寵愛を得られる皆様がたに敬意申し上げます。皆様ならいずれ陛下の御子を授かり、汪国に大きな礎を築き上げて下さることを信じております」

玲秋は三名全てにおいて敬意を示した。

寵愛を受けている趙昭儀だけではなく、他の二人に対しても同様に膝を折り、頭を下げたのだ。

決して、趙昭儀に属したわけではない。その意思を更に伝えるためにもう一度口を開く。

「わたくしが陛下との夜伽《よとぎ》に選ばれないことは事実にございます。趙昭儀、張充容、斎美人……皆様は陛下より寵愛《ちょうあい》を頂ける素晴らしい方々。他の妃嬪がたに比べれば私など些《さ》末《まつ》なもの。どうか、皆様に御子が授かりますよう神に祈願致します。どうぞ健やかにお過ごしくださいませ」

敬意を表すのであれば、それは皇帝に。

服従するのであれば、妃である全ての女に。

それが玲秋の答えだ。

「………分かればいい、わ」

「ええ……このような方と話していては縁起も良くありません。参りましょう、趙昭儀」

何処か気まずさを含む声色で張充容、斎美人は趙昭儀に声を掛ける。

玲秋の言葉は玲秋以外全ての妃が対等に尊敬すべき相手であると言っている。それが、皇帝の御子を授かる可能性を秘めているからだと。

たとえ今趙昭儀に媚《こ》びる二人の妃とて、御子を授かれば立場が逆転するかもしれない。

そう示唆するような言葉から二人は離れたかったのだ。

まるで身の内を明かされるような気分だったのだろう。

促され移動する際、趙昭儀が玲秋を一瞥《いちべつ》した。

睡蓮《すいれん》を思わせる淡い色を宿した瞳と、血のように鮮やかな紅色の唇。

その唇がゆっくりと上がり微笑んだ。

「それでは失礼致しますわね、倢伃」

声色まで人を惑わせるほど甘い。

玲秋は変わらず頭を下げたまま、三人が通り過ぎるのを待っていた。

ようやく姿が見えなくなったかなと顔を上げたところでふと、何処からか視線を感じる。

「…………？」

けれど人のいる気配はない。

先ほどの険悪な雰囲気が功を奏したのか、近くにいた人は蜘蛛《くも》の子を散らすように去って行った。

だから今、この場にいるのは玲秋だけのはずなのに。

「面白い方ね。徐倢伃って」

女性の透き通る声が聞こえてきた。

先ほどの趙昭儀の声が蠱惑《こわく》する甘美な声色であるとすれば、今の声は涼やかな鈴のような声色。

玲秋は驚いた。

現れた女性は紹《しょう》賢妃だった。

亡くなられた珠玉公主の母君の後に賢妃となった女性であり。

大将軍、紹将軍の実の姉でもあり。

そして、この先命を落とすこととなる悲劇の妃でもあった。

紹賢妃、字《あざな》は充栄《じゅうえい》。

紹大将軍家は名門の出により、紹の名は常に官僚の中に存在した。

父は刑部尚書《けいぶしょうしょ》を務め、彼女の弟は汪国の大将軍である。その出自と親類の根強さから後宮入りが約束されていた。

昭儀の位を得て後宮へと入った彼女は聡《さと》く後宮内の妃からも信頼が厚い。

珠玉の母、周賢妃が亡くなられた後、即座に賢妃の位を得て四夫人の一人となった。

玲秋の知る過去で、彼女は皇帝の子を身籠るも亡くなってしまう。

それが毒殺であったと噂《うわさ》され、後宮内で捜査が行われた。

そして捕らえられた犯人は李貴妃《りきひ》の元官女だった。元官女は紹賢妃の官女として異動してきていた。その彼女が賢妃の料理に毒を盛っていたのだと告げる証人が現れたのだ。実際に調べてみれば証拠品の毒が隠されていた場所も露見し、厳しい尋問の末に官女は貴妃から命じられたのだと口を割った。

そんな命を出したことはない、無実だと泣き叫ぶ李貴妃の声に耳を傾ける者はなく。貴妃は冷宮《れいきゅう》行きを命じられ、その三か月後に自ら持っていた簪《かんざし》で命を絶っていた。

官女もまた処刑され、瞬く間に後宮は貴妃と賢妃を失うことになった。

（あの事件が起きていないから……賢妃がいらっしゃるのは当然のこと）

頭では理解できているのに、いざ顔を合わせると動揺してしまった。

しかし何より安堵《あんど》する。

聡明《そうめい》で後宮に住む妃達にとって憧れであり、そして誰よりも美しく尊敬の念を抱く紹賢妃が生きている。

些末な扱いをされてきた玲秋に対しても彼女は優しく接してくれた。

滅多に会う機会はなかったものの、恒例である四夫人への挨拶へ行けば必ず優しい言葉をかけてきてくれた。

（そんな御方がどうして此処《ここ》に）

それより、何て声を掛けられただろうか。

玲秋が茫然《ぼうぜん》としていると、紹賢妃は官女や使用人に下がるよう命じた。

優雅な足取りで一歩、一歩と玲秋に近付いてくる。

眦《まなじり》に付けた紅の化粧がよく映える。彼女の眼差《まなざ》しは強く真っすぐに人を捕らえて逃さない。

絶えず浮かべる笑みに悪意は感じない。それどころか、まるで幼子のような好奇心に満ちた目を輝かせていた。

「あの……」

「ああ、挨拶はいいわ。不躾《ぶしつけ》に見ていたのは私の方だから」

後ずさる玲秋に対して遠慮なく近付いてくる紹賢妃からは椿《つばき》の良い香りがした。

「徐倢伃に言い返す度胸があるなんて知らなかったわ。嫌みに聞こえたらごめんなさい。純粋に驚いたの。大人しい方だと思っていたから」

「いえ、そのような……」

紹賢妃の言う通り、玲秋は妃《きさき》の中でも大人しく、主張という主張をほとんどしなかった。妃の中でも地位は低く、珠玉公主の子守役としてしか見られていないのは玲秋も分かっていた。

(以前と違うと言えば、今の私は確固たる目的を持っているということ)

珠玉を死なせたくない。

それだけが、以前の玲秋と違うところだろう。

その事がどう自身にとって影響を及ぼしているのか分からないが、少なからず今の玲秋に変化を起こしていることは事実だった。

「趙昭儀の一派が近頃あのように他の妃に対し牽制《けんせい》をしていることは報告を受けているわ

……今回のことで貴女にまた絡んでくるかもしれない。その時は私の名を使ってくれて構わないから」

「恐れ入ります」

「後宮の綱紀《こうき》を正すのも四夫人の役目。何かあれば官女を寄越しなさい」

「有難《ありがた》いお言葉です」

玲秋は感謝を述べながらも、それでも紹賢妃の言葉に従うつもりはなかった。

彼女は玲秋以外の妃にも手を貸している。これ以上の負担を掛けたくなかった。

（これから先、賢妃は懐妊なさる）

もし未来が以前と同じ道を辿《たど》ることがあるとしたら、玲秋は紹賢妃の重荷にだけはなりたくなかった。

紹賢妃といくつか会話を交わした後、彼女は他に用事があるらしく官女に呼ばれその場を立ち去った。

紹賢妃と別れた後、玲秋は自身の休む天幕に戻れば、一人の官女が訪れてきた。

祥媛が応対し終えると玲秋の元にやってくる。

「文をお預かり致しました」

誰から、とは言わないものの玲秋に文を送る主など決まっている。

紫釉皇子だ。

玲秋は椅子に座り直すと文を開いた。文は珍しいことに小さな紙で届いた。紙は貴重なため主流は未《いま》だ木簡や竹簡だった。

小さく収まった紙を開くと相変わらず達筆な文字が記されていた。

「……………どういうことかしら？」

紫釉からの文にはこう記されていた。

『明日は貴女《あなた》が珠玉の元で寝泊まりできるよう手配した。珠玉が不安な夜を過ごしていると思うため、どうか貴女の御手で妹の心を落ち着かせてほしい。明日は寒波となるらしい。屋敷《やしき》の中に留まり妹の世話を任せたい』

同じ地にいるはずなのに顔を合わせる機会がほとんどない紫釉からの手紙は、妹を労《いた》わる兄が心配し采配したように書かれていた。

けれど玲秋にはどうしても腑《ふ》に落ちないことがあった。

(明日が寒波となることを……どうしてご存じなのかしら)

風水師による明日の気象は晴天で風も微々たるものであると告げられていることを、玲秋は聞いていた。珠玉の元に訪れていた使いが報告していたのを聞いていたからだ。

けれど玲秋は知っている。明日は寒波となり、風強く肌寒い気候となる。

玲秋が王朝の風水師よりも優れ、気候を掌握しているからではない。

何故《なぜ》なら明日こそが、紫釉の暗殺計画が行われる当日なのだから。

玲秋の疑問が晴れることもなく、その日が訪れた。

予想通りひどい寒波に襲われ、凍えるほどに冷え込んだ気候に覆われていた。

風も強く祭祀《さいし》をするには悪天候ではあるものの、行事を後ろ倒しにすることもできず式典は執り行われていた。

玲秋は体調を崩しがちな珠玉のために行宮に向かい朝から夕刻までずっと付き添っていた。

ビョウビョウと風が窓を鳴らす度に珠玉は怖がり玲秋にしがみ付く。

玲秋は寝台で共に横たわりながら優しく抱き締め背中を撫《な》でる。

(以前と変わらない……)

この日、紫釉皇子に暗殺の手が伸びる日。

玲秋が彼を庇《かば》い首に傷を受けた日と全く同じだった。

(本当に繰り返しているのね)

過去の記憶と同じであっても実際に体感するとなると全く違う感覚だった。珠玉の温《ぬく》もりが同じだったとしても以前の温もりを覚えているわけではない。珠玉を想《おも》う愛《いと》しさは、それこそ以前より増している。

玲秋は珠玉をあやしながら昨日届いた文の内容を思い出していた。

(今日一日ここに滞在してほしいと書かれていた……)

行宮は皇族の者か皇帝が寵愛《ちょうあい》し呼び出された妃以外は入室すら出来ない高貴な場所。

珠玉の子守があるからこそ日中に入ることが許される玲秋だったが、寝泊まりするなどあり得ないことだった。

それが紫釉により、今日一日の滞在が許されたという。

今日訪れてみれば、余夏を含めた珠玉の侍女は玲秋が寝泊まりすることを既に知っていた。どうやら内務府《ないむふ》から伝達があったらしい。

凍えるような外の寒さを思い出せば有難い話に感謝するところだろう。

けれど玲秋は違う。

ずっと、違和感がある。

(どうして今日……皇子に暗殺の手が掛かるかもしれないという日なのに)

玲秋の傍《そば》では官女が様子を見ていた。

その中には余夏もいる。

珠玉が落ち着き眠るまで、官女達は揃《そろ》って息を潜め待っている。

過去の時は大分時間を掛けて寝付いた珠玉だったが、一日中玲秋がいたためだろうか、今日は早々にうたた寝しだしている。

かつては寝かしつけに時間が掛かり、慌てて天幕に戻ろうとした時に紫釉と遭遇した。

そして、彼を庇い玲秋は傷を負った。

（…………）

眠り出した珠玉の背中を優しく撫でながら玲秋は物思いに耽《ふけ》る。

いつもなら、つい珠玉と一緒にうたた寝をしてしまうところだけれども、今日は緊張のせいかずっと指先が冷たい。

（また同じ傷を負うことを考えれば当然ね……）

あの痛みを、苦しみをもう一度味わうことを考えれば恐ろしかった。

出来ることならば痛みを負わずに終えてしまいたいと切に願う。

幸いなことは、当時紫釉を庇った時は無我夢中だったから痛みなど気にもならなかったことだ。

過去の時はとっさに庇ってから意識を失い、気が付いたら寝台の上で幾日も経《た》った後だった。

これから同じことを繰り返そうとしている。

何か防げる術がないかとも考えた。

けれど、どう伝えればよいのか。

末端の妃が皇子の暗殺計画を知っているともなればかえって疑われることもあり得る。先に暗殺を防ぐことや紫釉の行動を制限するような助言をするにしても玲秋には理由がない。

結局、以前と同じように玲秋が身を挺《てい》して守るしか方法が見つからなかった。

「…………お休みなさいませ」

すうすうと寝息が聞こえだし、玲秋は眠りの世界に入った珠玉を優しく撫でた。起こさないようゆっくりと身体《からだ》を起こし官女達に目配せする。

官女達は安堵した様子で玲秋に向けて微笑《ほほえ》み返した。彼女達もまた、体調が良くない珠玉を心配していたのだ。

珠玉の部屋から出た玲秋を襲ったのは冷たい風だった。

「徐倢伃。どうぞこちらを」

余夏が気を利かせ羽織りを持ってきてくれた。

「ありがとう」

「珠玉公主のお隣に部屋をご用意しております。このまま休まれてください」

「…………少し、外に出ても良いかしら？」

緊張して声が妙に上擦ってしまった。

「もう日は暮れておりますし、外も大変冷えております。どうぞこのままお休みになって

ください ませ」

困った様子の余夏が提言すると、少しだけ近づき耳元で囁《ささや》く。

「皇子より、今日は一日行宮から出ないよう命じられております」

そう、確かに告げた。

玲秋は暫《しばら》く黙っていたが「分かりました」とだけ告げ、余夏の案内する部屋に移動した。

珠玉の部屋隣に用意された広い部屋の中は暖かい。随分前から用意されていたらしい炉炭と軽食が置かれていた。

「体を清めたいからお湯を持ってきてくれる?」

「かしこまりました」

余夏が頭を下げ部屋を出ていく。

足音が小さくなるのを確認してから玲秋はそっと入ってきた扉を開けた。

周囲を確認するが見張りはいない。

(余夏、ごめんなさい)

心の中で謝ってから玲秋は静かに回廊を走る。

ずっと、小さな違和感があった。

過去に戻ってから物事は以前と同じように時を刻んでいた。

多少前後するような変化があったとしても、玲秋の記憶の中でさほど大きな変化はなかった。

ただ一つを除いて。

二年前に戻ってから違うことがあった。

祥月命日で紫釉と出会い、言葉を交わしたことだ。

以前よりも早い紫釉との文のやりとり。

そして、今日届けられた紫釉からの指示。

紫釉に関係するどれもが過去と異なっていた。

何が原因かは分からない。

ただ、紫釉との関係が以前と違うことだけは確かだった。

だからこそ、玲秋は走った。

彼を救うためでもあり、何よりこの違和感の答えを知るために。

行宮の建物を少し離れただけで周囲は薄暗い。満天の星や月でも出ていればまだ明るいが、天候は悪く空は雲に覆われていた。

薄暗い中、眼《め》を凝らし玲秋は辺りを窺《うかが》った。

(この辺りだったはずよ)

過去に紫釉と出会い、そして彼を庇った場所を玲秋は僅かにだが覚えている。真っ暗な茂みの中から鋭利な刃と共に殺意が紫釉を照らし襲い掛かった場所。一瞬の出来事だったあの瞬間、玲秋はひどくゆっくりと時間が過ぎていくのを感じていたのだ。

駆け付けた場所で紫釉の後ろ姿を見つけた時は、声に出してしまうほどに喜んだ。

「皇子……！」

「玲秋!? 何故貴女がここにいるのだ！」

呼ばれた紫釉の表情が玲秋を見つけた途端みるみると強張《こわば》るのが暗闇の中でも分かった。

ひどく焦った様子で駆け寄り、肩を強く摑《つか》まれた。

「珠玉の元にいるよう文を出しただろう！ ここに来てはならない！」

「………どうしてでしょうか？」

「それ、は……」

玲秋に問われた紫釉の表情が苦悶《くもん》に歪《ゆが》む姿を見て、玲秋は確信した。

知っているのだ。

「……皇子は、これから起こることをご存じでいらっしゃるのですね」

玲秋の零《こぼ》した囁きを紫釉は聞き逃さなかった。

暗闇の中では宝石のように美しい瞳の色は映し出されないが、その瞳が大きく見開き玲秋を見つめた。信じられない、とでも言いたげな表情は言葉を失っていた。

玲秋は、そんな紫釉の姿をひどく落ち着いて見つめていた。

彼は知っていたのだ。

玲秋がここで紫釉を庇い、彼の代わりに傷を負うということを。

だからこそ紫釉は玲秋をここに近づけさせないよう文を送った。

過去を何も知らない玲秋であれば、紫釉の言う通り珠玉の元で一日を過ごしただろう。外に出ることもなく、暖かな部屋の中で一日を終えていたはずだ。

余夏にも外出しないよう命じるほどに、玲秋を危険から遠ざけようとしてくれていたのだ。

それで充分だ。

「感謝致します、皇子」

たとえ未来を知っていたとしても、自身が狙われることを知っているというのに。

その中で玲秋を傷つけないよう気付かれないよう守られていたことが嬉《うれ》しかった。

「分かっているのなら尚更《なおさら》ここに居てはならない。早く行宮に……」

言葉を切り、紫釉の動きが止まった。

すると玲秋を強く抱き締め、その勢いと共に地に伏した。

突然押し倒される形となった玲秋は何が起きたのか一瞬分からなかった。しかし微《かす》かに聞こえる草木の揺れる音と、地に刺さった鋭利な小刀から暗殺の刃が向けられたことに気が付いた。

守るどころか守られてしまった。

過去と異なる状況になったことに混乱しながらも、倒れた状態のまま紫釉を見上げた。

紫釉は帯刀していた刃を構えると玲秋を守る形で起き上がり、襲い掛かる刺客に向き合った。

漆黒の衣装に身を包んだ刺客の振るう剣を剣で止め、力を以《もっ》て跳ね返す。

まだ若い青年の腕に一体どれほどの筋力があるのだろう。

軽々とした身のこなし、複数人いる刺客の剣を優雅に躱《か》わし追い詰める。

周囲に身を潜めていた紫釉の護衛が騒ぎに気付き現れたことで事態は一転する。待ち構えられたことを知らなかった刺客達は次々に倒れ、逃げ出そうとする者を護衛兵が追いかける。

その様子を玲秋は座り込みながら茫然《ぼうぜん》と眺めていた。

機敏な動き、予《あらかじ》め待機していた兵。

予感はもう確信に変わっていた。

ほとんどの刺客が捕らえられる姿を見て安堵《あんど》した玲秋だったが一つだけ気掛かりがあった。

過去に玲秋が庇《かば》った傷は矢傷だった。

けれど今いる刺客の中で矢を放つ者がいない。

「皇子……あの」

疑問を口に出そうとした時。

玲秋は既視感を抱いた。

あの時と一緒だった。

紫釉から僅かに離れた木々の隙間。暗闇に紛れた鋭利な矢尻の光と殺意が見えた。

「皇子！」

玲秋は叫ぶと紫釉に思いきりぶつかった。

それは、過去と全く同じ動きだった。

無我夢中に飛び出し、身体を押して庇い。

そして痛みが走る。

「玲秋っ！」

悲痛な紫釉の叫び声が耳に響く。

遠くから刺客らしき男の悲鳴が聞こえた。どうやら矢を放ったことにより護衛兵に見つかり捕らえられたのだろうと、玲秋は焼けるように痛む腕を押さえながらそんなことを考えていた。

以前は首をかすめた矢が、今度は肩をかすめたらしい。

ただのかすり傷であれば起きないような頭痛が始まった。

毒だ。

毒の効果により玲秋の意識が朦朧《もうろう》とし始める。

だがそれ以上の衝撃が玲秋を襲った。

突如、玲秋の唇が紫釉によって塞がれたのだった。

柔らかな感触、息すらも閉じ込めるほどに強く強く押し当てられた唇。

微かに開けた玲秋の唇に液体が流れ落ちる。水と共に小さく丸い薬のようなものが流れてきたことが分かった。

口付けにより流し込まれた水を吐き出すこともできないまま、玲秋は喉をコクリと鳴らし水と小さな薬を流し込んだ。

飲み終えたことを確認した紫釉の顔が離れると紫釉は玲秋の頭を自身の膝に寝かせたまま玲秋の肩に触れた。見えないがビリビリと布が破ける音がする。

何が起きているのか玲秋には分からない。

ただ、変わらず寒気や頭痛が玲秋を襲う。

意識を失いかけたところで痛みが走る。

「水だ。毒を流す」

何処《どこ》から出したのか、紫釉は水筒に入っていた水を玲秋の肩に掛けた。その水の勢いに痛みが走ったらしい。

水筒の水を全て傷に注いでからも紫釉の手際は素早かった。傷口を先ほど破いていた布で清めた後に軟膏《なんこう》を塗る。

首を少しだけ動かし、玲秋はむき出しになった自身の肩を見つめた。

以前受けた首の傷よりもだいぶ軽傷で済んだことが分かり、玲秋はホッとした。それでもおそらく毒は塗られていたはずだ。

ああ。そうか。

「何の毒か……お分かりなのですね……」

「………ああ」

玲秋は紫釉が過去に起きた暗殺の全てを把握しているのだと、彼の回答から理解した。

この日に襲われることも、玲秋が庇ったことも。矢には毒が塗られており、その毒が何であるのかも。

起きることが分かっていたからこそ、紫釉は予め解毒の薬や軟膏薬、更には水筒まで用意して待ち構えていたのだ。

万が一傷を受けてしまった場合にすぐ手当てができるように。

「玲秋殿。失礼する」

「え……？」

声を掛けられたと思った次の瞬間、玲秋の体が浮き上がった。

紫釉に横抱きにされたのだ。

「皇子……っ」

「医師に診てもらう。大人しくしていてくれ」

玲秋とさほど身長が変わらないはずの紫釉によって軽々と運ばれていく。玲秋は暴れることも、抵抗することも出来ず萎縮する思いで紫釉を見つめていた。

間近にする紫釉の整った顔立ちが、何処か苦悶に満ちている。

後悔しているのだ。

「……お役に立つことができませんでした……申し訳ございません」

「貴女《あなた》は何も知らなかったのだ。貴女に責など決してない」

「ですが」

「玲秋殿に真実を伝えなかったのは私だ。全ては私の責である」

そんなことはない。

玲秋は首を横に振る。しかし、見つめる紫釉の表情を見れば、彼が玲秋の言葉に納得することはないと分かる。

これ以上追及しても互いに自分を責めるだけだろう。

だから玲秋は尋ねる。

「皇子は……暗殺の計画をご存じでいらっしゃったのですね？　私が貴方様《あなたさま》を庇い、傷を負うこともご存じでいらっしゃった……違いますか？」

「…………そうだ」

はっきりと紫釉が答えた。

「全て知っていた。私も貴女に問おう。貴女も知っていたのだな……今日この日、この場で私が襲われるということを。そして、貴女が私を庇い、深い傷を負ったということを」

紫釉の言葉に玲秋は黙って頷《うなず》いた。

「ゆっくり話をしよう。まずは貴女の手当てが先だが、必ず時間を作る」

行宮の一室に入ると寝台が目に映る。

紫釉は丁寧に玲秋をそこに横たわらせた後、玲秋の解《ほつ》れ毛に触れる。

優しく、愛おしそうに髪をなぞる指先を玲秋は見つめる。

突然の行動に息を吸うことも忘れてしまう。

名残惜しく髪に触れていた紫釉が立ち上がると、少し離れた先で控えていた医師に対し指示をする。傷の症状、毒の内容、念のため与えた薬まで淡々と伝えた紫釉は玲秋を一瞥《いちべつ》することもなくその場を去って行った。

残された玲秋は茫然と紫釉の背中を目で追う。

どくどくと胸が鳴るのは、受けた傷のせいだろうか。

以前ほど深くはないとはいえ、玲秋は毒を含む傷を負ったのだ。痛みは相変わらず体を襲い、頭痛だって治まらない。

しかし与えられた解毒薬や治療の効果なのか、以前のように意識を失うこともない。

それでも思う。

自分は夢を見ているのではないか、と。

今の玲秋は意識を失い都合の良い夢を、理想の夢を見ているのではないか。

あれほどに優しく紫釉に守られた事実が現実とは思い難く。

愛おしく髪を撫《な》でた紫釉の指先と、その間近で見つめ合った紫色の瞳を目の当たりにして。

その瞳が、愛おしそうに玲秋を見ていたなんて。

到底現実と思えなかったのだ。


その晩から翌日に掛けて玲秋は治療を受け、長い睡眠をとった。

目覚めた時には日も昇り昼に差し掛かる時刻だった。

傷口は炎症を起こしているのか先日よりも腫れていた。だが、絶え間なく襲っていた頭痛や吐き気のような症状はなかった。

目覚めた玲秋を診た医師は告げる。

「傷が浅かったお陰で毒が内部まで届いておりませんでした。薬の効果もあるでしょう。ただ傷のある箇所は毒と傷により熱を持っております。暫《しばら》くは冷やし安静にしてください」

「ありがとうございます」

過去に自身を診てくれた医者と同じ老師に礼を告げる。以前は、こうして話をするのにひと月以上は掛かった。

軽く触れてみればだいぶ腫れている肩に、祥媛が水で冷やした手ぬぐいを優しく押し当てる。その表情は怒っていた。

玲秋が黙って行宮を抜け出たことを余夏から聞いているのだろう。

何度も謝ったもののまだ怒りが収まらないらしい。

玲秋は不謹慎にも喜んでしまった。

自身を心配してくれる祥媛や余夏の存在が嬉《うれ》しかったのだ。

遅くなった昼食を夕餉《ゆうげ》前に食べている時、祥媛が告げた。

「紫釉皇子がお見えになりました」と。

入室してきた紫釉に対し祥媛が頭を下げる。「二人で話をしたい」と告げれば祥媛は何も言わず静かに部屋を出て行った。

二人きりとなった空間に玲秋は緊張し、鼓動がうるさいほどに高鳴っていた。

紫釉は正面を向き玲秋の顔を見つめたままゆっくりと近付いてきた。寝台で上半身だけ起こした状態の玲秋はそのまま頭を下げる。紫釉が寝台の横に置かれた椅子に腰掛けると玲秋の手に触れる。

「顔を上げてほしい」

告げられ、玲秋はゆっくりと顔を上げた。

少しだけ焦燥した表情を浮かべる紫釉がそこにはいた。

「体調はどうだ？」

「毒の影響はないとお医者様から言われました。肩の腫れも安静にしていれば治るだろうと」

「そうか……………そうか」

一度目は軽く返すような声色で、二度目は深く安堵《あんど》した様子で紫釉が告げた。

それだけで、どれほど玲秋のことを心配していたか分かる。

玲秋は御礼《おれい》しか出来ないことへの歯がゆさを抱きながらも、紫釉に感謝の言葉を捧《ささ》げる。

紫釉は静かに笑みを浮かべ、その言葉を受け入れた。

「さて……本題に入ろうか。貴女もずっと気になっていただろう」

「はい。それはもう」

目覚めてから紫釉に会えるまで何度も考えては答えの見つからない思考に悩まされたほ

どに。

玲秋の答えに苦笑しつつ紫釉は唇を開く。だが、すぐに言葉は紡がれなかった。

どう伝えればよいのか躊躇《ちゅうちょ》しながらも口を開いた。

「私は貴女が昨夜傷を負うことを知っていた。それだけではなく、この先起きることも知っている」

「…………」

「貴女が私と同じように過去を知っているのであれば教えてほしい。貴女の知る過去のことを」

玲秋は戸惑いながらも一つずつ伝えた。

この先、汪国は国が乱れる。天災が起こり民の心は乱れ、皇帝は政を疎《おろそ》かにしだす。

二年の時を経て紫釉皇子が紹将軍と共に謀反を起こす。

そして。

「…………私は珠玉公主と共に命を落としました」

「…………………」

玲秋は一度黙り、言葉を続けようとする唇を静かに噛《か》んだ。

紫釉の命によるものだと、真実を確認することが怖かった。しかし、知りたいのも事実だった。

躊躇していた玲秋だが、意を決し顔を上げた。

「教えて下さいませ。かつての私と公主は……皇子の命により皇帝の墓で生き埋めとなりました。そのように貴方様は命じられたのですか？　私達を……生き埋めにせよと。それは、本当に紫釉様が仰ったのですか？」

「玲秋……」

「どうか、真実を……私達の身に起きた過去は何が真実なのですか？　何を……貴方様を信じてもよいのだという、確証を頂きたいのです」

紫釉ならば知っているのではないか。

そんな期待を抱かずにはいられなかった。

だが、紫釉は少しだけ玲秋から視線を逸《そ》らしたまま口を開いた。

「私も同じ事を体験した。それが真実か偽りか、はたまた夢であるのかは知り得ることではない。天の気まぐれで私達にだけ夢を見せているのだと言われれば、それを信じるであろうな」

「そう、ですか……」

紫釉もまた同じで、分からずに過去に戻されたのだと玲秋は納得する。

「過去をご存じであれば珠玉公主が亡くなられたこともお分かりでしょう。もしやり直せるのであれば、私は珠玉公主をお守りしたいのです」

「玲秋殿……」

「不敬であることは重々承知しております。どうか、珠玉公主の命だけはお助けくださいませ」

玲秋はその場で手を前に添え平伏《ひれふ》した。肩を動かすしぐさにより傷口が痛むが、それを無視して紫釉に頭を下げた。

「玲秋っ」

「お願い致します。珠玉公主を……」

「珠玉を殺すよう命じたのは私ではない」

紫釉は僅かに声を張り上げながら玲秋の体を支え起こした。

表情は苦く険しさを増していた。驚く様子の玲秋を見つめながらもう一度告げる。

「私は珠玉を、貴女を殺すような事を一度たりとも命じていない」

「皇子……」

「信じてほしい」

悲痛なほどに願い乞う声色に偽りはなかった。傷ついたように紫の瞳が揺れながら、玲秋に信じてほしいと訴える。

「救いたいと……ずっと願っていたのだ。貴女と幼い妹を、後宮から引き離し安寧な地で心穏やかに暮らしてほしいと望んでいる。だが、それは今ではないのだ。事を急《せ》いて仕損じてしまえば取り返しがつかなくなってしまう……私は過去でその事を知った」

「皇子」

「紫釉と呼んでくれないか？　玲秋」

玲秋には不思議でならなかった。

紫釉の表情は、まだ十四の若き青年が浮かべるにはあまりにも大人びていたことを。

けれど真実を知れば理解できる。

今、目の前にいる紫釉は過去を経験した紫釉なのだ。たとえ肉体の年齢が十四であろうと、彼は既に年齢以上の年月を生きていることを理解した。

しかし。玲秋は躊躇し視線を落とす。

「紫釉……皇子の御言葉を信じたいと思います。ですが……一度死を知ったこの身は恐怖を覚えてしまいました……」

閉ざされた扉。徐々に息苦しくなる空間。周囲に響く断末魔の叫び。そして次第に弱っていく珠玉の体温。

玲秋に絶望を容易《たやす》く与えたほんの僅かな時間が、未《いま》だ玲秋を蝕《むしば》む。

「…………最期の時まで疑問に抱いていたのです。紫釉皇子が公女や私を生き埋めにするようなむごい仕打ちはなさらないはずだと」

「勿論《もちろん》だ。あの時、もっと私が早く王都に戻り処遇を決めていればよかったのだ。愚かにも紹将軍の言葉を信じたことが過ちだった……今更そなたに告げても遅いのだがな。怖い思いをさせた……すまなかった」

紫釉の指が玲秋の頬に触れる。

触れられた頬に玲秋は一度強張《こわば》るが、その反応に気付き紫釉の手も一度引っ込む。

「……すまない」

「いえ……」

一瞬だけ触れた、玲秋と同じぐらいの若々しい指先。

「……苦しかっただろうに。其方《そなた》らはまるで眠るようだった」

「え……？」

「捜したんだ。城を離れている間に全てが終えられていた。必死で其方と珠玉の居所を聞いた。まさか……父の墓に埋めるような惨《むご》たらしい行いがされていたなんて気づきもせず……すまなかった」

紫釉の瞳は酷《ひど》く傷つき、そして悲しみに染まっていた。

紫釉は、玲秋と珠玉がどのような最期であったのか、知った上で捜してくれたのだ。生きたまま亡き皇帝の墓所に閉じ込められ命を落とした二人の姿を。

「紫釉様……」

自然と、玲秋の眦《まなじり》から涙が一筋落ちた。

あの時。生き埋めにされたあの時玲秋を襲ったものは、死の恐怖以上に悲しみだった。

愛する珠玉を守れなかったこと。

信じたいと思っていた紫釉に裏切られたこと。

玲秋にとっての絶望は、その二つだったのだ。

けれど、その恐怖はもう無い。

「大丈夫です……もう、大丈夫ですよ」

自身の言葉で紫釉の心が慰められるとは思っていない。

それでも玲秋は願う。

どうか紫釉の中に潜む後悔が少しでも払拭できることを。


それから、いくつか過去に関する話をお互いに語り合った。

互いに相違が無いか確認し合うように過去の出来事を話してみれば、ほとんどの話が一致した。

ただ、玲秋に分かる話は後宮内での情報だけで、紫釉から聞いた外政の話は初耳なことばかりだった。

紫釉は難しい顔をしながら足を組む。

「後宮での話は知らぬ話ばかりであった。やはり、後宮の事は内部の者でしか分からないものだな」

「ええ……後宮は隔離された世界でございましたから」

「……玲秋殿は紹賢妃と面識はあるか？」

「はい。四夫人とは毎朝必ず挨拶を交わさなければなりませんので顔を合わせます。親しいかと言われれば恐れ多いことにございますが……」

「…………玲秋殿には伝えておくべきかもしれない。このことは他言しないよう注意してほしい」

紫釉の声色に緊張が走り、玲秋も息を潜め紫釉の言葉を待った。

「紹賢妃。名は紹充栄……紹大将軍の姉である彼女が秋に亡くなることは知っているだろうか？」

「はい……」

玲秋はつい先日顔を合わせた紹賢妃のことを思い出す。

真っすぐに玲秋を捉えた強い瞳。

他の妃《きさき》達のように玲秋を嘲ることなく対話してくれる聡《さと》き妃。

しかし彼女は臨月となった頃、お腹《なか》の子と共に命を落とすことを玲秋は覚えている。

「紹賢妃の死について医師は予期せぬ早産によるものだと伝えていたが、あれは真実ではない。彼女は何者かに殺された。その容疑者が趙昭儀……後の趙貴妃《きひ》なのだ」

「…………え？」

玲秋は目を見開き紫釉の言葉を聞いた。

確かに、噂《うわさ》で流れたことはある。間もなく出産となる紹賢妃が突然命を落とした時、誰かに暗殺されたのではないかと。

それまで賢妃は体調を悪くすることもなく、早く出たいとばかりにお腹を蹴る我が子を愛おしそうに撫《な》でていたことを玲秋は知っている。

だからこそ亡くなられた話を知った時は信じられなかった。

御子が早くに生まれようとしたため間に合うことなく命を落としてしまったのだという報《しら》せが玲秋に届いただけだった。

「彼女の死後、国は大きく荒れる。特に紹賢妃の実弟である紹将軍はこれより汪国に対し叛意《はんい》を抱く。私は過去、将軍に共謀し共に父の命を絶った。将軍が皇帝と後宮を憎んでいたことに気が付かず、私は彼の言葉を信じ行動していた。彼は……彼の姉を殺し、真実を闇に葬った後宮を憎んでいた。私はその事実に気付くことなく国のために叛意を抱いたと見誤り、私が城を離れた隙に後宮の者を皆殺しにしていたのだ……だから、全ての責は私にあるのだ」

あの日の後悔を紫釉は決して忘れることはない。

紫釉が父を弑逆《しぎゃく》した日から二日後のことだった。

「郊外に向けて凱旋《がいせん》を……？」

「ええ。民に紫釉皇帝の存在を知らせる必要がございましょう。少人数の反乱を収めて頂くだけで、威光を示すだけで結構です。出来ればその地に褒美を与えるのも良《い》いでしょう。ですが第一皇子や皇帝に媚《こ》びていた役人にはそれ相応の処罰を与える姿も見せるべきでしょう」

紹将軍の言葉に紫釉は耳を疑った。

城を落としてまだ二日目で郊外に行けと言われれば疑うのも無理はない。

つい先日凰柳城《おうりゅうじょう》を攻め落とし、父の政権を奪ったばかりだった。未だ城の内部は混乱していたが、紹将軍の采配は手際良く、彼が信頼している家臣により正常さを損なわずにいられた。

紫釉とて無能ではないが、それ以上に紹が有能すぎた。年齢も一回り違う彼と紫釉では経験も能力も大きな差があることは事実だった。

紫釉より何歩も先を進む将軍に必死で追いつくよう駆けている現状である。

しかし、そんな紫釉でも紹将軍の言葉に疑念を抱いたのだ。今、皇帝となった紫釉を凰柳城から離す理由が、どうしても納得できなかった。

まるで紫釉を追い払いたいようにさえ思えたのだ。

「将軍の言葉を疑うわけではないが、城を落としてすぐに行うことは良策と思えない」

「仰《おっしゃ》ることはごもっともです。ですが今こそ紫釉様のお姿を民の目に焼きつけなければならない。腐敗した父王を絶ち、神龍の如《ごと》く天から舞い降りるような英雄譚《たん》を民に知らしめたいのです」

紹の言葉を聞けば納得のいく理由もある。

だが、紫釉にはどうしても気掛かりがある。

一斉に冷宮に幽閉された後宮の妃嬪《ひひん》達の、玲秋と珠玉のことだった。

紫釉としてはすぐにでも二人を冷宮から救い出したかったが未だ内政が混乱する中で私情で動いてはならないときつく忠告されているため駆け付けることができないでいた。

ならばせめて待遇を他と変えてほしいと紹には伝えており、それは承諾してくれていた。

「公主と徐倢伃のことにございましょう？」

紹将軍が他には聞こえないよう耳打ちする。

紫釉は城を落とす前、紹のことを信じ玲秋と珠玉との関係を伝えていた。命の恩人であり妹の面倒を見てくれる良き女性なのだと。

いずれ国が落ち着いた後、玲秋が望んでくれるのであれば妻にしたいとさえ会話の中で漏らしたこともある。

その事を穏やかに聞き、時には背中を押してくれるような答えさえ与えてくれた紹のことを紫釉は信じてしまった。

それがまず、一つ目の大きな過ちだったのだ。

紹に協力を仰ぎ共に父王を討った。常に互いの意見を交わし合い、時には叡智《えいち》ある紹に憧れ師として仰ぐ気持ちが芽生えたのはいつだったか。

実の兄以上に紫釉を導いてくれた紹のことを信じてしまったのだ。

彼が何故国を裏切るに至ったのか、愚かにも紫釉は考えもしなかったのだ。

凱旋を終え城に戻った紫釉は、全ての事を終えた冷宮の前で膝を地に付け茫然《ぼうぜん》とその景色を見つめていた。

冷宮はもぬけの殻となり、幾重にも処刑された痕跡が残されていた。

腐臭を抑えるため土を掘り遺体を埋めたのであろう。至るところに掘った跡がある。

地が赤黒く染められた惨たらしい光景に吐き気さえ覚えた。

「玲秋……玲秋は！」

いっそ意識を忘却させたい光景の中を紫釉は走り出した。

後宮の処遇を統括し管理していたのは紹だ。

紫釉は何度も彼に告げていた。

玲秋と妹の珠玉には手を出さないで欲しい、と。

今は混乱の最中で救い出すことが困難であることは分かっていた。だが、事が落ち着いたら玲秋の位《くらい》を変えようと手配をしていたのだ。

珠玉だってそうだ。彼女の母方の協力を仰ぎ、父の子という汚名よりも周賢妃の子として落ち着いた地位を得るよう取り計らっていた。

あと少しだった。

あと、もう少し彼女達に苦労をさせてしまうが。

必ず救い出すと、己自身に誓っていたのだ。

しかし紫釉が見た光景は地獄そのものだった。

将軍を問い詰め、彼によって父王の墓所まで案内された。

生前から用意を進めていた父の墓所は広く、見張りは土塊で作られた兵の像のみである。

そこに、固く閉ざされた扉があった。

扉は厳重に固定され隙間なく埋め尽くされていた。土壌に岩まで置いて固定されていた。

紫釉は感情を殺し、守衛兵に取り除くよう命じた。

扉が開くまでに数刻の時間を要した。

その間、紫釉と紹は無言で立ち尽くしていた。言葉を発することはなく、互いに黙《だま》り作業が終わるのを待っていた。

扉が開いたという兵の声を聞き、紫釉は静かに扉に向かって歩き出した。

扉前に居た兵が、異臭により顔を歪《ゆが》めその場から離れるが、紫釉は表情を変えることなく扉の中に進んだ。

一切の光がない暗闇の中に、複数の女達の遺体が転がっていた。

冷えた霊室の中とはいえ数日放置された遺体から漏れる腐臭に背後の兵が嘔吐《おうと》する。

大勢の遺体の中の少し離れた部屋の片隅に、一人の女性が小さな子供を抱き締めている姿を見つけた。

紫釉は迷いなく進む。

膝に乗せた小さな少女をあやした姿のまま、まるで眠るように抱き寄せ死んでいた。

屈《かが》んで骸《むくろ》の髪に触れる。

骸は髪に触れただけでずるりと揺れ崩れ落ちた。

窶《やつ》れ変わり果てた女性の首筋には、大きな傷跡があった。

「…………あ…………ああああああ！」

慟哭《どうこく》が響いた。

悲痛なまでの叫び声が墓所の中に響く。

一人の男性の泣き叫ぶ声。

あまりにも痛ましく、狂わんばかりの叫びは終わることもなく。

ひたすらに響き渡った。


扉の外では紹が待っていた。

珠玉の骸は家臣に持たせ、紫釉は玲秋を抱きながら扉の前へと戻ってきた。

憔悴《しょうすい》した顔に希望はない。前髪で隠れた瞳には絶望が映し出されていた。

「…………何故《なぜ》、殺した」

声は泣き叫んだことで掠《かす》れていた。

愛おしそうに玲秋の髪を撫でながら、また一歩と紫釉は近づいた。

「答えろ。劉偉」

劉偉は紹の字《あざな》だった。親しいと呼べる間柄となった紫釉は時折彼の事を字で呼んでいた。

紹は表情を変えずに紫釉を見つめていた。

「……貴方《あなた》も徐欣の子だからです」

「父と同じように女で国を滅ぼすと考えたか」

紫釉は薄ら嗤《わら》う。

そして、帯刀していた刀を取り出し紹の首に向けて振り上げた。

紹は避けきれず胸から首にかけて傷が走る。衣服すら容易《たやす》く切れ、瞬く間に鮮血が滴り落ちる。

「其方《そなた》の考えは正しい」

玲秋を抱き寄せながら紫釉は血が付着した刀を振り下ろし、傷を負いよろめく紹に向けて突き付けた。

「今、この時より私は国を滅ぼしたいと願う」

そうして刃は容易く紹の首を刎《は》ねた。


後悔は山の如く存在する。

守れると過信した己を責めた。

一度は警戒していたものの、それでも紹を信頼してしまった事を責めた。

紹の心を深く知ろうとしなかった過去を責めた。

もう二度と、玲秋に苦しい思いをさせないと誓った己自身を責めた。

（守れなかった）
（守りたいのに）
（貴女《あなた》がいなければ…………何の意味もないというのに）
紫釉の後悔が汪国を血に染めた頃。
時が戻された。
（次こそは）
間違えない。
そう、紫釉が胸に抱くまでに。
一体どれほどの血が流れたのか。
それは紫釉のみが知る過去の出来事である。

三章　蓮花

祭祀《さいし》を終えて幾日か過ぎた頃。

玲秋《れいしゅう》はとある場所へ向かっていた。

珍しくも畏《かしこ》まった格好に緊張した面持ちのまま長い廊下を進んで行く。

前には面会を希望した人の官女が先導して歩いている。

玲秋は一定の距離を保ちながら官女の後ろを歩いていた。

この建物の名は清秦軒《せいしんけん》。

清らかな池のほとりに建てられた大きな建物は、現賢妃である紹充栄《しょうじゅうえい》の屋敷《やしき》であった。

「小主《しょうしゅ》。徐倢伃《じょしょうよ》がお見えになりました」

案内していた官女が立ち止まり声を掛けた先には、紹賢妃《けんひ》が椅子に座り茶を飲んでいた。

部屋の中から香る匂いから、その茶が茉莉花茶《まりかちゃ》だと分かる。

「ようこそいらっしゃいました」

「謁見に許可を頂き感謝致します、紹賢妃」

玲秋は紹賢妃に対し礼をする。

伏せていた目を上げ、賢妃を見つめるだけで緊張から手の先が冷えていた。

「……茶を淹《い》れたところなの。倢伃も飲んで頂戴。とても美味《おい》しいわよ」

「有難《ありがと》うございます」

玲秋は促された席にゆっくりと向かい、なるべく音を立てないよう腰掛けた。

すぐさま茶を用意した官女が玲秋の前に茶を出す。

玲秋は笑みで礼をした後、ゆっくりと茶を手に取った。温まった茶器の模様は精巧に作られており高級な調度品であることが分かる。

茶器を傾け口に含む。口の中に広がる花の香りと茶の温《ぬく》もりを飲み干せば少しだけ緊張が和らいだ気がした。

「どう？」

「美味しいです」

「陛下から贈られたお茶なのよ。高州《こうしゅう》で採れた茶葉らしいわ」

高州は、珠玉《しゅぎょく》の母である周《しゅう》賢妃の故郷。

紹将軍が取り締まりを行う土地でもあり、その二人を暗に示唆しているように感じ玲秋は和らいでいた気持ちが引き締まる。

穏やかに微笑《ほほえ》みを湛《たた》えたままの紹賢妃は、玲秋の感情を全て読み取っているのだろう。

「いつもは公主の屋敷と紀泊軒《きはくけん》を行き来するぐらいしかしない貴女から急に呼び出された

のだもの。用件があるとすれば公主のことでしょう？」

「………仰《おっしゃ》る通りにございます」

「珠玉公主の後見人は皇后……ですが皇后は病に臥せっておられる。ともなれば相談をすることも敵《かな》わないでしょう。ですから私のところに来たのかしら」

紹賢妃の言い分は正しい。

この後宮で今悩みを相談する相手となれば、最も信頼できるのは紹賢妃だった。

玲秋以外の妃達《きさき》は、悩みがある時は必ずといっていいほど紹賢妃に相談を持ち掛けているのを知っていた。賢妃となる以前、昭儀《しょうぎ》だった頃から妃達に対し時には支援し時には叱咤《しった》激励をする紹賢妃は妃達にとって絶対の存在だった。

けれど玲秋の目的は違った。

玲秋は首を少しだけ横に振り、姿勢を正してから口を開く。

「お願いがございます。私に紹賢妃の官女として仕えることを……お許しいただけませんでしょうか」

祭祀の時に紫釉《しゅ》の話を聞いてから、玲秋はずっと考えていることがあった。

紫釉が深く後悔していたのは紹将軍の事実を知らないこと……彼が、姉を殺した後宮や皇帝を憎んでいたことだった。

けれど今、紹賢妃は生きている。

もし彼女の死を回避することが出来るのであれば、未来は大きく変わるのではないか。

そう、考えていたのだ。

紹賢妃の死は謎に包まれていた。暗殺されたとも自殺とも言われていた。仕えていた官女達は厳しい尋問を受けた後、あまりの拷問に命を落としていった。

真実は誰にも分からない。

しかし、もし玲秋が傍《そば》に居ることが出来たなら？

何かしらの異変を、過去に起きた出来事を覚えているのであれば回避できる可能性があるのなら。

紫釉ですら後宮の内部に手を出すことは敵わない。玲秋のように誰からも管理されていないような末端の妃であれば話は別だが、相手は四夫人の一人。どれほど気を配り守ろうとしても内部から彼女を守ることは難しい。

だからこそ玲秋は名乗りを上げた。

官女にしてほしい、と。

「貴女が官女？」

何処《どこ》か上擦った声色で賢妃が尋ねる。

玲秋は真剣な面持ちで頷《うなず》いた。

「私が陛下より頂戴した位を私自身が違えることはできません。ですので、正式には官女のふり……ではございます」

「どうして、そんなことを？」

「近頃、後宮内で不穏な動きがあることを珠玉公主の屋敷でお聞きいたしました。公主の身に危険が及ぶような内容もございました。その中にはまた賢妃の名もございました」

「そう」

「差し出がましいこととは重々承知しておりますが、私自身蔑《ないがし》ろにされているだけの妃。公主の恩恵が無ければ今頃放り出されてもおかしくはございません。そんな私でも、少しでも公主や賢妃のお役に立ちたいのです……！」

「徐倢伃」

「無理は承知しております！　決してご迷惑をお掛けすることがないように致しますからっ、どうか……！」

玲秋が必死になれば必死になるほど、紹賢妃は口元を手で覆い、そして。

「……ぶっ……！」

笑ったのだ。

突然笑い出した紹賢妃は、堪えきれないとばかりに声をあげて笑い出した。

唖然《あぜん》とした様子で笑う紹の姿を見つめる玲秋と、突如笑い出した主人を慌てた様子で宥《なだ》める官女の姿。

紹賢妃の笑い声は本当に楽しそうだった。

よく見れば眦《まなじり》に涙まで浮かんでいる。

「しょ、紹賢妃……」

「ごめんなさい……っ……もうっ面白くって」

ようやく落ち着いたようで、ふうとひと息吐《いきつ》いたらしい賢妃は頬を緩ませながらも呼吸を整えてから口を開いた。

「いきなり官女だなんて言うとは思わなかったから。ふふっ……沢山のお願い事を言われてきたけれど、妃から官女にしてほしいだなんて言うのは貴女が初めてだわ」

「それは……そうでしょうね……」

涙を滲《にじ》ませて笑う紹賢妃の様子に思わず玲秋も笑ってしまった。

「しかしながら本心から申し上げております。官女が難しいようであれば使用人でも構いません」

「それこそ難しい話ね。何より貴女には珠玉公主のお世話があるでしょう？」

「公主はまだ幼いです……すぐには無理ではございますが、少しずつお会いする機会を減らせば……自《おの》ずと気持ちも変わっていくことでしょう」

考えるだけで玲秋の胸が痛む。

珠玉の事を考えれば毎日だって会いたい。泣いている珠玉を抱きしめ、慈しみたい想《おも》いはある。

けれどこのままではいけない。

このまま時が過ぎれば、待っているのは珠玉の死。だからこそ今動かなければならない。

「……倢伃。随分と印象が違いますね。私の知る貴女《あなた》はいつも後宮で慎《つつ》ましく暮らしていました。公主の傍だけを安息とし、後宮という俗世から浮世離れしたような生き方をしていると。そんな強い意志を持っていたなど知りませんでした」

「…………」

「何が起きたのか聞きたいところだわ。紫釉皇子が切っ掛けかしら」

紫釉の名前に玲秋は驚いて顔を上げれば、紹賢妃はニコリと微笑んだ。

弧を描く唇が鮮やかに映し出されている。

「貴女が矢傷を負ってまで皇子を庇《かば》った話……後宮で箝口令《かんこうれい》が敷かれているけれど、知っている者は知っているわよ」

「………！」

紫釉から傷を負った事情は内密に通すと伝えられていただけに玲秋は驚いた。守衛兵がいたため、見られていることは分かっていたが、あくまで玲秋は偶然巻き込まれてしまったということで片付けられていた。

それでも一部の者は玲秋が紫釉を庇った姿を見ていたのだろう。

そして思い出す。

緊急を要する手当てだとはいえ、玲秋は彼と唇を重ねていたのだと。

頭痛で朦朧《もうろう》とする意識の中でやけに鮮明に紫釉との口づけを思い出すだけで玲秋の頬は林檎《りんご》のように赤く染まりだした。

紫釉には体調が回復した後に改めて謝罪され、玲秋も感謝はすれど批難することなど全くない。

何よりも不思議であったことだが、突然とはいえ紫釉に口づけされたことに対し何一つ嫌な気持ちになどならなかった。

それどころか……

玲秋は考えを止め、紹賢妃に向き合った。

「ねえ、教えて。何が貴女をそこまで強く行動させるのかしら」

賢妃の言葉に、玲秋は瞳を揺らす。

理由など分かりきっている。けれど、それを口に出すことなど出来るはずもない。

「…………公主をお救いするため、では……駄目でしょうか」

「今のままでは良くないと？」

「はい」

「何故《なぜ》、貴女がそのような事を知っているのか……口を割らせたくとも叶わないでしょうね」

目の前に座る玲秋の表情から紹とて分かる。

彼女の強い意志を。

少なくとも紹自身に対し危険な行動をすることはないと考えられる。むしろ、ここで彼女を突き放したことにより良くない方向に物事が進むことを案じなければならない。

だとすれば傍に置く方が得策と言える。

「分かりました。貴女を官女として仕えさせるよう手配しましょう」

「有難うございます……！」

喜びというよりもひどく安堵《あんど》した顔をして玲秋は深く礼を述べた。

紹には事実は分からないが、それでも野放しにすることは出来ないと悟った。何より玲秋の背後には微《かす》かにだが紫釉の影がある。他の妃には漏れていないだろうが紹の情報では近頃玲秋の傍で仕えることになった官女が、どうやら紫釉から手配された者であるというものだったのだ。

(弟に判断を仰ぐか)

紹賢妃の弟、劉偉《りゅうい》が近頃紫釉皇子と連絡を取り合っていることは弟の使いからも聞いていた。

もし全てが事実であるならば、玲秋はこちら側の人間なのだ。

「けれど、貴女をそのまま官女として使うわけにはいかないわね。明明《めいめい》、支度道具を運ばせて」

「かしこまりました」

明明と呼ばれた官女が部屋を去る。

それからしばらくして数多くの使用人達が訪れた。

各々が運んできた物は、明らかに衣装道具と呼ばれる物一式であった。

「…………え？」

この時から数刻して。

倢伃玲秋は見たこともないほど美しい官女、蓮花《れんか》として生まれ変わるのだった。


数多くの色とりどりな絹衣が廊下を渡る。

しずしずと音を立てずに歩く数名の官女達の手には主君である紹賢妃のために用意された支度道具があった。

清秦軒に向かう官女達は、宦官《かんがん》や使用人らの目を惹《ひ》くほどに華やかでかつ清楚《せいそ》であった。

四夫人の一人、特に後宮内でも地位高い紹賢妃の官女というだけで品位を認められた存在。

その中で、一人見知らぬ女性がいることに周囲は気が付いた。

艶《あで》やかなまでに流れる髪を右側にだけ流し、淡い色をした紐《ひも》を織り込みながら結わえている。

服装は官女の物であるが、身に着けている腕輪や耳飾りは他の官女と違い華やいでいた。

何より目を惹くのはその顔立ちだった。

透き通るような白色の肌。眦に塗られた紅にふっくらとした唇と色合いが良く合っている。伏し目がちな視線は奥ゆかしささえ感じる。

他の官女らよりも姿勢よく動きも優雅であるためか、周囲の官女や守衛兵は目を奪われることだろう。

当の本人は、緊張でその視線に気付く余裕もないのだが。

彼女の名は？　と、誰かが尋ねれば。

新しく紹賢妃の官女になった蓮花だよ、と答えるだろう。

堂々と表に立ちながらも誰一人として気が付かない。

蓮花こそが忘れ去られた妃《きさき》、徐倢伃であることを。

「ふふ、傾国の官女らしくて素敵だわ」

「小主……いつまで続けられるのですか」

「それは勿論《もちろん》、貴女の名が後宮の隅から隅まで知れ渡るまでよ」

今日も今日とて玲秋は紹賢妃の元に官女として通っていた。

朝は珠玉の相手をし、以前よりも少し早めに退室した後はすぐに紹の元に向かい身支度をする。

官女の身支度ではあるのだが、玲秋は一度たりとも自身の支度をしたことがない。行うのは全て紹賢妃の使用人だった。

慣れた手付きで化粧と衣装を整えられれば、姿見に映るのは地味な玲秋ではなく華やかな官女、蓮花である。

別人のような代わり映えに初めは玲秋も驚いた。

「貴女を側仕えさせるためには、徐倢伃であることが露見してはなりません。ならば真逆の存在、華やかな官女として迎え入れれば誰も気付かないでしょう？」

そんな無謀にも思える賢妃の提案だったが、蓮花になって数日経《た》つが誰一人として気付く様子もない。

拍子抜けしたのは玲秋だった。いざ官女の提案はしたものの、倢伃という立場をどう誤魔化すべきなのかと思っていた。せめて使用人として下働きをしようなどと考えていたのだと伝えれば、賢妃は呆《あき》れた様子で玲秋を見た。

「貴女って見かけによらず無謀な性格しているのね。だからこそ、こんな面白い提案をしてくれたのでしょうけれど」

褒めてはいないと思う。けれど、紹賢妃が楽しそうなので良かった……と、思うことにした。

華やかな官女として迎え入れられたとはいえ、玲秋は官女の仕事も行った。

皮肉なことに玲秋の仕事は何も問題がなかった。

過去に官女がいない生活を続けていたため支度に関する全てのことは覚えていた。

それに加え、公主の傍《そば》にいる官女達とも親交があり、色々な事を教わってもいたのだ。

(過去の経験が今に活《い》かせるとは思いもしなかった)

辛《つら》い日々ではあった。

けれどそれが今、こうして役に立つのであればそれもまた天命なのだろう。

「蓮花」

「はい」

賢妃に名を呼ばれ、向かってみればどうやら簪《かんざし》に悩んでいる様子だった。

「どれが良いかしら？」

「拝見いたします」

玲秋は軽く礼を取ってから並べられた簪を見比べる。

様々な花飾りがつけられた簪や、他には動物や鳥を模《かたど》った簪もある。

通常ならば花を彩る簪が良いだろうが、玲秋は賢妃の服を一度確認してから鳥の簪を手に取った。

「此方《こちら》はいかがでしょう。鵲《かささぎ》が梅に留まる簪でございます。本日の小主の袿衣《うちぎ》には梅の模様がございます。寒い冬を耐え、美しい梅を咲かせる小主の元に縁起良い鵲が舞い降りるように見えるのではないでしょうか」

「素敵ね。ではそれを」

「はい」

玲秋は恭しく簪を両手で持ち、それから賢妃の後ろに回り結われた髪を崩さないようゆっくりと簪を挿す。少し崩れそうな箇所を細い指先で整える玲秋の様子を紹賢妃は姿見を通して眺めていた。

控えめな性格と相反して大胆な行動をとる玲秋に蓮花という名を与え官女として過ごさせた。暫《しばら》くの間玲秋を観察したが、彼女に悪意が無いことはすぐに分かった。

純粋に、ひたすら真っすぐに願いを叶《かな》えたいという目的のために行動する彼女は、想像以上に優秀でもあった。

妃の位にある者では知り得ないはずの官女としての仕事を覚えている時は驚いた。

それでいて教養が無いわけではない。

それが、皇帝に嫁ぐ姉の官女として連れていかれようとしていたために覚えた知識であることや、その姉が亡くなったため代わりに急遽《きゅうきょ》叩《たた》き込まれた作法や教養であるなど、勿論賢妃には知る由もない。

玲秋は本人が控えめな性格であるために気付かれることがないが、物覚えは良い方だった。

珠玉の傍にいるからか、それとも以前から博識であったのか。玲秋は高級な調度品や茶葉の違いも理解できていた。

賢妃の側にいる官女とて優秀であるが限界がある。公主や妃の側にいなければ分からない内容も難なく理解している。そこまで官女を育てるには厳しい教育が必要となるが、玲秋にはその必要がなかった。

結果、隅に追いやるには勿体《もったい》ない妃であることが分かった。

玲秋が後宮で肩身の狭い暮らしをしていたのは、玲秋自身が後宮で成り上がるという野心がないからだろう。

紹は、何故玲秋が一度も皇帝と褥《しとね》を共に出来ていないのかを知っている。

玲秋が後宮入りした当初、愛らしい彼女を妬む妃による悪意が原因だった。

その後は珠玉公主の母である周賢妃の取り計らいにより、皇帝が褥を共にする相手を選ぶ際に使う牌《パイ》から名が除かれていることも紹は知っている。

だから選ばれない。忘れられた妃なのだ。

（これからどうなるかしら）

美しい官女の姿をもし皇帝が目にした時、一体どうなるのか。

紹は優雅に微笑《ほほえ》んだ。

それはそれで、なんて面白いのだろう。


紫釉から文が届いた。

とても、とても怒られた。

祥媛《しょうえん》に言えば止められることを分かっていたため、玲秋はあえて祥媛に事情を説明せずに紹賢妃に面会を依頼した。賢妃との話が進んでしまえば止められないと踏んで言わなかった。

信頼してくれている祥媛に対し裏切るような行動をとってしまったことは、本当に申し訳ないとも思う。

けれど本当のことは伝えられない。

後になって玲秋が隠れて賢妃の官女となることを伝えた時、憤る彼女に対し伝えた。

「少しでも紫釉皇子のお力になりたいのです」と。

後宮の内情は後宮の者にしか分からない。

いくら外で権力を保持しようとも、後宮の中は閉ざされた世界。内部で情報を流す者がいない限り何一つ分からない。

珠玉の元に余夏《よか》、そして玲秋の元に祥媛がいるとはいえ官女では知る情報にも限度がある。

何より珠玉も玲秋も後宮内における政権からは外れた存在だった。

だからこそ玲秋は紹賢妃の元に潜り込みたかった。

後宮の中がどれほど閉鎖的な空間であるか、祥媛も理解していた。だからこそ玲秋が語ったことに対し何も言わなかった。

ただ、「ご報告だけは致しますから」とは言われた。

結果、お叱りの文が届いたのだった。

いつも以上に長い文にはお叱り、注意事項、そして最後には安否を気遣う思いが綴《つづ》られていた。

優しい紫釉。

玲秋の他にも過去を知る唯一の存在。

少しでも彼の思う未来を叶えたい。そのためにも自分で出来ることがあるのなら、喜んで身を投じる気持ちだった。

「小主。お時間です」

考えている先から祥媛の声。

玲秋は読んでいた紫釉の文を卓に置いて立ち上がる。

向かう先は勿論、紹賢妃の元。

玲秋は祥媛の前に立つと彼女にされるがまま身支度を整える。質素な妃の服から華やかな官女の格好へ。ちぐはぐではあるが、妃としての玲秋よりも使用人として働く蓮花の方が格段に待遇が厚いのも、仕える相手が紹賢妃だからだろう。

支度を済ませれば祥媛に外の様子を探ってもらい、人の気配がないことを確認して徒歩で紹賢妃の屋敷《やしき》へと向かう。

遅れぬよう向かえば既に官女らは働いている最中だ。長く仕える官女は家臣として近隣の居住を許されている。今のところ玲秋がそうする予定はない。

そうして玲秋の、官女としての一日が始まる。

「ねえ、蓮花はもう皇帝にお会いになった？　貴女《あなた》ならすぐに目に留まるのではないかしら？」

「そうよそうよ。綺麗《きれい》だし官女から妃になった人も数多くいるのだからきっと次は貴女の番ね」

炭の火を熾《おこ》している間、親しくなった官女達と他愛もない会話をする。

彼女達は蓮花が玲秋であることを知らない女性達だった。

「恐れ多いわ」

玲秋は苦笑する。

確かに玲秋は他の官女に比べて衣装も化粧も華やかだった。それには紹賢妃の考えがあるのだと思うため口にはしない。

ただ、日頃控えめに暮らしてきた玲秋にしては落ち着かない格好ではある。

周囲にはその控えめに伏して憂える表情が、他の妃嬪《ひひん》から漏れる野心と違い清楚《せいそ》で好まれることを。

玲秋だけが知らなかった。

「そろそろ陛下が小主をお選びになる頃だと聞いているから、少しでもお顔を合わせられる機会を探しましょう！」

「そうよそうよ。ああ、素敵だろうなぁ～蓮花が妃《きさき》になったら大層美しいに決まっているわ」

既に妃なのですが。

とは、勿論口に出せるはずもなく。

玲秋は炭に火を熾した後、炉炭に入れて部屋の中に移動させる。

部屋には既にいくつか炉炭を用意してあるため外よりも随分と暖かい。空気の入れ替えが必要であるため、窓が微《かす》かに開いているかを確認して設置する。

紹賢妃は本日、来客がいたようで玲秋が訪れた時には既に部屋の中で話し合いをしていた。

時折聞こえてくる談笑の声色から、盛り上がりを見せていた。

ふと、扉が開いた。

玲秋は慌てて部屋の隅に移動し首を下げる。

「来てくれてありがとう。ああ、蓮花。来ていたのね。紹介するわ。劉《りゅう》先生、新しく入った官女の蓮花よ。蓮花、彼は馴染《なじ》みの侍医、劉先生よ」

朗らかな声色で侍医を紹介する紹賢妃の言葉に、玲秋は改めて礼をしてから顔を上げ。

そして、止まった。

「初めまして、劉です。賢妃の侍医を務めております」

少しばかり声を変えていることが分かった。

髪の色も偽りだ。

厚着の侍医服に隠された先に逞《たくま》しい体格をしていることを玲秋は知っている。

被《かぶ》り物《もの》の頭巾により長い髪が隠されているが、間違いない。

彼は紹劉偉《りゅうい》。

玲秋と珠玉を生き埋めにした、かの大将軍であった。

間違えるはずがない。
たとえ姿形を変え、将軍ではなく医師として現れようと。
玲秋の目が違えることはなかった。
（紹……将軍……）
その時玲秋の脳裏に過去の記憶が戻ってきた。
薄暗い墓所。悲痛な妃嬪達の悲鳴。
扉の前に立ち、憎み蔑む表情を浮かべながらも、最後は何処《どこ》か憐憫《れんびん》を浮かべながらも。
玲秋と珠玉を生き埋めにした男。
「どうしました？」
いくらか穏やかな声色であるが、その低い声も間違えることはない。
身体《からだ》中が震えあがり、玲秋はその場で微かに蹲《うずくま》る。
「もっ……申し訳ございません」
体の震えが止まらないが、それでもどうにか平静を保とうとした玲秋は必死に謝った。
不敬な態度を見せてはならない、不審に思われてはならない。
それでも恐怖心は拭えず震えている体を自身の腕で抱き締めた。
「…………失礼」
侍医の格好をした紹劉偉が微かに溜《た》め息《いき》を漏らすや否や、その大きな腕で玲秋の体を抱き上げた。

急な浮遊感に驚いて顔を上げてみれば、間近に迫った劉偉の瞳と目が合った。

僅かにだが朱色の混じる瞳が、血のように美しかった。

「具合が悪いのであれば横になるがいい。賢妃、部屋の隅に彼女を休ませても良いでしょうか？」

「ええ、勿論《もちろん》よ。大丈夫なの？　蓮花」

「はい……申し訳ございません」

賢妃が心配する声に答えている間に劉偉は玲秋を隅に置かれた長椅子に横たわらせた。近くにいた使用人に掛ける物を持ってくるよう命じる。

玲秋は彼が将軍だと知っているが、その様子は衣装と同じく侍医そのものだった。侍医の位である者が着る深緑色の袍《ほう》から微かに薬草の香りがした。

「疲れが顔に出ている。薬湯を煎じよう」

「はい……」

「線が細いがしっかり食べているか？」

「はい」

淡々と診察する姿はまさしく医師そのもの。

過去の玲秋でも、こんな劉偉は見たことがなかった。

玲秋の知る紹大将軍は部下に信頼が厚く厳しい鋭利な刃のような冷たさも抱えていた。

しかし今目の前にいる彼は、心から玲秋を労《いた》わり診察するようにしか見えなかった。

使用人によって運ばせた薬湯を指示する姿を見て、将軍を知らなければただの長身な医師と思うだろう。

後宮だけではなく外朝の者も診るために存在する侍医院に属する侍医は後宮内でも滅多にない、男性でも後宮に入ることが許される位だった。

だが、ほとんどは高齢の医師が多いため、たとえ侍医とはいえ劉偉のような男性が後宮に居れば目立つのは必然。

「……私が何かしたでしょうか？」

「……はい？」

先ほどから返事しかできていない玲秋に対し劉偉の視線は険しい。

「私を見る様子がひどく恐れているように見える」

「め……滅相もございません。そのようなことは……」

玲秋は慌てて頭を下げて否定する。

緊張していた体が余計に強張《こわば》った。

このままではいけない。俯《うつむ》いていた顔を上げ、穏やかに微笑《ほほえ》んでみせた。

「官女入りして間もないため、心労が溜まっておりました。ご心配をお掛けして申し訳ございません」

笑え。

玲秋は自身に強く命じた。

その甲斐《かい》あってか、玲秋は恐怖心を押し殺し優雅に微笑んでみせた。

緋色《ひいろ》の瞳と見つめ合う時間があった。ほんの数秒ではあったが玲秋には随分と長く感じた。

「………体を労わるように」

そう囁《ささや》くと劉偉は立ち上がり玲秋の側から離れた。

姿が見えなくなるまで穏やかに見つめながら、退室の際には軽く頭を下げた。

部屋の扉が閉まったと同時に玲秋は倒れこみたい気持ちに駆られる。けれど駄目。まだ油断してはいけない。

ここは住まいの紀泊軒ではないのだから。

「面白いでしょう？」

劉偉が扉を出て建物の入口に立ったところで声を掛けられた。

見送るために待っていた姉の姿を見て劉偉は周囲を確認した。辺りが人払いされていることを理解し、口を開く。

「確認しろと言っていたのはあの官女のことか」

「ええ。素性は伝えた通りよ。何か分かった？」

玲秋の事は極秘裏に文で劉偉に伝えられていた。文で読んだ時より何のことかと思っていたが、実際に会ってみてますますその疑問は増えた。

「悪意は確かに見られない。だが、私をひどく恐れている」

「まあ。将軍だと見破ったのでしょうね。貴方《あなた》の顔を知らない者は少ないでしょうから」

「それだけではない。あれほど怯《おび》えた顔を見たのは……」

戦場ぐらいだ。

死に直面した敵兵が劉偉を見る時を思い出させた。

それほど、玲秋が劉偉を見る表情は怯えていた。

それが不思議でならない。

劉偉は初対面な上、玲秋に対し殺意をむき出しにしたことなどない。

それどころか劉偉を見る女性の視線など、常に同じであった。

野心による好意か、敵意による嫌悪か、将軍に対する畏怖か。

玲秋はそのどれでもなかった。

「また様子を見に参ります」

「あら。それは私の？　それとも彼女の？」

意地悪い姉の言葉。

それに対し劉偉は、薄らと静かに微笑むだけだった。


寒椿《かんつばき》の花から香る匂いと梅に留まる鶯《うぐいす》の鳴き声。

春の来訪を木々や花々が伝える頃。

紹賢妃の元に宦官《かんがん》が訪れる。

「紹賢妃に拝謁致します。本日の夜伽《よとぎ》におきまして皇帝陛下が賢妃の牌《パイ》を選ばれました。ご準備をお願い致します」

「分かりました」

宦官が去った後、屋敷《やしき》の中が賑《にぎ》わった。

「急いで支度致しましょう！　ああ、新しく頼んだ簪《かんざし》と香をお持ちします」

「椿油《つばきあぶら》も持って参ります！」

屋敷内の官女達が慌ただしく支度をする中、珠玉の子守を終えた玲秋が蓮花としてやってきた。未《いま》だ支度は全く終わらず玲秋が賢妃に会った時、彼女は爪の色を朱色に染めている時だった。

「蓮花。来たのね」

「はい。陛下よりお選びになられましたことお喜び申し上げます」

「ふふ。最近は牌選びをせず趙昭儀《ちょうしょうぎ》を呼んでいたから、家臣から苦言があったのかもしれないわね」

牌を選ぶのは皇帝の好みによるものだが、そこに政治的目的が無いわけでもなかった。身内の妃《きさき》になるべく子を授かってもらえるよう家臣による薦めを聞くこともある。しかし昨今の皇帝は趙昭儀を熱愛しているため滅多に他の妃嬪《ひひん》が選ばれることがなかった。

その事に苦言があったとしても不思議ではない。

慌ただしく準備をしていれば、早々に夜半の刻となり宦官が紹賢妃を呼びに来る。

「それじゃあ、行ってくるわね」

「いってらっしゃいませ」

いつもより美しく着飾った紹が輿《こし》に乗り屋敷を離れていく。

遅くまで手伝っていた玲秋も頭を下げ、賢妃を見送る。

姿が見えなくなっても官女達の興奮は冷めていなかった。

「ああ！　緊張するわ」

「ええ、ええ！　趙昭儀の官女らに見返してやれるもの。さぞ悔しいでしょうね」

どうやら官女の間でも諍《いさか》いが絶えないらしい。

特に趙の官女達は寵愛《ちょうあい》を受けている主人の盾もあり、官女の間で随分と大きい態度をしていることは、過去も今も玲秋は知っている。皇帝より贈られる品も多いため、玲秋以上に良《い》い待遇を受けていた。

「小主がお子を授かって下されば何よりだわ」

「私達も祈願しに行く？」

娘達が願いを叶《かな》えるために行う祈願は可愛《かわい》らしいものが多く、祈りを込めた御守《おまも》りを作ったり願いを込めて模《かたど》った切り絵を飾ったりなどがある。

玲秋は彼女達の様子に微笑みながらも、一抹の不安を抱えていた。

間違いなく紹賢妃は懐妊する。

けれど過去では生まれることなく賢妃と共に命を失う。

当時を考えるに、この時期に懐妊したことは間違いない。

（今日の日が切っ掛けだったのかもしれない）

そうであれば、時間が無い。

玲秋の胸に焦りが生じた。

「近頃其方《そなた》の屋敷に美しい官女がいると聞いた」

皇帝の寝室となる広い寝台に横たわる紹充栄に、皇帝徐欣《じょきん》が語りかける。

既に褥《しとね》を終えた皇帝は寝衣に着替えていたが、充栄は未だ寝台の中で寝転がっていた。

官女達により整えられた簪は既に外れており、長い髪がゆったりと彼女の胸元に掛かっている。

「ええ。蓮花と申します」

「どこの出だ？」

「弟が遠征先の農村で見かけた女です。大層美しく器量が良いので献上してきたのです」

「ほう」

勿論、嘘《うそ》だ。

予《あらかじ》め劉偉と背景を捏造《ねつぞう》しておいた。勿論、必要な書類も偽造しており、蓮花という女性は名もない農村で商業をしている豪族の娘、教養はあったが両親が賊に襲われたため劉偉が官女見習いとして充栄に預けたということになっている。

「見習い期間を終えましたので側仕《そばづか》えとしました。歳《とし》は十八で橙色《だいだいいろ》の瞳が特徴的ですわ。

とても器量良く優秀ですのよ」

「ふむ……」

興味を持った。

充栄は静かに唇を上げると起き上がり、寝衣を軽く羽織りながら徐欣の元に近付き肩にもたれ掛かった。

「もし……わたくしのお屋敷で酒宴して下されば、きっと陛下もお会いすることができますわ」

「そうか……分かった」

充栄の言葉にすんなりと皇帝が答える。

ますます充栄の唇は上がる。そしてそのまま夫である皇帝の頬に口づけを贈る。

たとえ趙昭儀という寵愛する妃がいようと、好色な皇帝は妃を迎え入れることを止めない。一度限りで飽きる女もいれば、それなりに低いながらも地位を与えることもある気まぐれな夫である。

だからこそ、蓮花の噂《うわさ》を聞けば興味を引くと思っていた。

そして、その興味から甘言を用いれば承諾するということも。

さて、どう動くかしら。

充栄の頭によぎる駒がいくつかある。

一つは玲秋。皇帝の寵愛を得た時、彼女がどう動くのか。それは充栄の望む形で動くのか。

一つは趙昭儀。寵愛を得ている彼女が、皇帝が充栄の家臣に興味を持ったことにより多少の動揺になるのかを確かめたい。

そして最後の一つは紫釉皇子だ。

彼が玲秋にどのような感情を抱いているのか確かめたい。

充栄の思惑は形となり。

半月の後、紹賢妃の元で皇帝が酒宴を行う報《しら》せが後宮内に知れ渡ったのだった。

皇帝が賢妃の元で酒宴を行う話が出ると、後宮内はたちまち賑わった。

久方ぶりに行われる趙昭儀以外の妃との行事に家臣を含め憶測が走る。

ついに趙昭儀に飽きたのだ。

紹賢妃が外戚に命じて宴《うたげ》を要求したのだ。

歯に衣着せぬ噂話《うわさばなし》はまたたく間に後宮だけではなく外朝にも知れ渡る。

将軍、紹劉偉も噂を耳にした当人の一人である。

時には遠慮がちに真相を知りたいと官僚が劉偉に尋ねてくることもあるが、一瞥《いちべつ》するだけで黙らせてしまう劉偉の口から真実が伝えられることは勿論《もちろん》ない。

姉の考えに間違いがないことだけは確信している。

汪国《おうこく》の未来を嘆き、紹の一族が背負う国の未来を求め、己が出来ることを後宮内で果たそうとする強き姉。

『劉偉』

成人の儀を迎えたばかりの劉偉の前に、着飾り輿に乗った姉が自分の名を呼んだ日のことを忘れない。

『貴方は将軍として外朝の綱紀を。私は妻として後宮の綱紀を。それが紹一族として生まれた私達の役目よ』

『心得ております』

未だ子供らしさを残した面影の姉と弟は、大人達以上に汪国に忠義を誓っていた。紹一族は汪国が成り立った頃より傍《そば》に仕えていた一族だった。国のために働くことが、即《すなわ》ち紹一族にとっての誉《ほまれ》であった。

彼らの父もまた外朝で勤める高官の一人であったが、流行《はや》り病により早々に勤めを隠居した。だからこそ若い彼等は父に代わり役目を果たすために必死だった。

しかし、実際の王朝は期待を裏切るほどに政権が乱れていた。それでも律していたのも、国を想《おも》う父やその仲間による働きがあったからこそだと劉偉は思う。

後宮入りを早々に提案したのは充栄だった。

『成人したので資格はあるでしょう？　さあ、早く輿入《こしい》れの準備を整えましょう』

潑溂《はつらつ》とした声色で自身の後宮入りを進めていく充栄の姿を、若き軍兵となったばかりの劉偉から口を挟むことはなかった。

そうして輿入れの日に告げられた姉の言葉。

自分は将軍として外朝を。姉は妃として後宮を。

その誓いはまだ、果たされている最中だ。

（あの人《姉》らしい……）

劉偉は姉の行動に疑問一つ抱くことはない。

恐らく姉のことだろう。何か目的があるはずだと。

ただ、一つ気掛かりがあるとすれば劉偉を怯《おび》えた瞳で見てきた蓮花という官女のことだった。

（何故《なぜ》だろう）

好奇の目でも野心めいた目でもなく怯えた蓮花の目が、劉偉は忘れられなかった。

何一つ、彼女に対し罪悪感を覚えるような行いなど劉偉はしたことがない。

だというのに、ひどく心を痛めるのだった。

劉偉は何か拭えない感情を抱きながらも、時間だけは刻一刻と進んでいった。

酒宴が決定するや否や、後宮内は想像を絶する忙しさに見舞われた。

近頃は蓮花の化粧も以前ほど華やかさを装わず、着飾るというよりも手伝い要員として走り回ることが多い。

皿の数、配膳する食事の内容確認、お酒の量は、皇帝以外に参列する者がいるか。守衛兵へ労《ねぎら》うための銭まで用意した。

玲秋は初めて宴を催すためにどれだけの労力が使われているのかを知った。

そして、その労力を難なく続けていく皇帝の行為に呆《あき》れた。聞けば紹賢妃との酒宴が決まった後、寵愛している趙昭儀が拗《す》ねて自分にも酒宴を開いてほしいとねだったという。それに承諾し、賢妃の宴が終わった後、別の日取りで昭儀との酒宴も予定されているらしい。連日に亘《わた》る宴の予定に家臣は忙殺される羽目になる。

「蓮花、小主がお呼びよ」

建物外にある備蓄庫で酒の数を確認していた玲秋の元に顔馴染《かおなじ》みの官女がやってきた。

竹簡を読みながら数を数えていた玲秋は他の官女にそれを手渡し、足早に建物へ戻る。

走る間、一瞬だけ空を見上げてみれば曇り空に覆われている。晴れ間など見えることはなく、今が昼なのか夕刻なのかすら分からない。

あと少しでもすれば雨が降り出しそうな天気に玲秋の胸はざわついた。

「蓮花です。お呼びでしょうか？」

「ああ、来たわね」

紹賢妃は官女に手を揉《も》ませ寛《くつろ》いだまま寝台に座っていた。近頃体がむくみ、体調が思わしくないという。

玲秋は理由を知っているが、それを口にすることなく賢妃の言葉を待った。

「明日の夕刻から酒宴があるでしょう？　貴女《あなた》に私の側仕えをお願いしたいの」

「私でよろしいのでしょうか」

賢妃には筆頭の官女がついている。行事があれば常に彼女を連れ立っていたことを玲秋は覚えていたため確認をするが、優雅な笑みを返された。

「ええ。貴女がいいの。陛下に御膳を用意したり酒を注いだりしてくれればいいわ」

「…………」

さすがの玲秋にも分かった。

飾られ過度なほどに装わせた官女、蓮花のお披露目なのだと。

「…………かしこまりました」

頭を下げ、退室するがその手は震えていた。
まさか。
あり得ない。
大丈夫。
気休めに自身を慰める。
皇帝に相手にされるようなことなど決してないと玲秋は思う。
けれど、本当に？
一緒に働く官女達が口にしていた言葉を思い出す。
蓮花なら陛下に選ばれるかもしれない。
そう、嬉《うれ》しそうに囁《ささや》く官女達の言葉が耳にこびりついて離れなかった。
（いらない）
気付けば玲秋は走り出していた。
動悸《どうき》が治まらない。手は冷えて感覚すらなかった。
（恩恵なんて……いらない！）
心から思った。
選ばれたくなどない。
皇帝の妻になんて、本当はなりたくなかった。

父の命で姉の代わりに妃《きさき》となるよう命じられ、そして物のように贈られた。

父や姉から家族の絆《きずな》というものを与えられることもなく、召使いのように扱われた玲秋に「一族のためだ」と命を下し、異を唱えることもできなかった。

流されるがまま命じられるがまま。心を殺して後宮に入った。煙たがられる存在として暮らしてきた一族の元から離れられることに、召使いとして命じられる日々からの解放に安堵《あんど》を感じてしまっていたのも事実なのだ。生きて育ててくれた恩は勿論あった。幼い玲秋が生きていくために飢えを凌《しの》ぐために暮らしていけたことは、感謝すべきことなのだ。

けれど貧しくあろうとも、亡き母と過ごしてきた日々が愛おしかった。

皇帝に謁見できるたった一度の機会は他の官女らによって潰された。

皇帝が玲秋を選ばず、後宮の隅に追いやった時も玲秋は安堵した。

もう、何の柵《しがらみ》にも縛られることはないのだと。

（いやよ……嫌……）

はたはたと涙が零《こぼ》れ落ちていく。

時が戻り生き長らえる機会があったとしても、こんな未来があるなど思いもしなかった。

皇帝に愛される日など二度と来ないと思っていた。

否、来なければ良いと思っていた。

玲秋には幼い頃から抱いていた憧れがあった。

いつか、母と暮らしたように、愛する家族との日々を送りたいと。珠玉との日々は理想そのものだった。自身を愛してくれる我が子のような珠玉との日々。

しかし珠玉は公主だ。いずれ汪国のため玲秋の元を離れてしまうのだ。

だからこそ、自分だけの家族が欲しかった。

輿《こし》に乗り外の景色を眺めている時。村で見かけた小さな家族の光景を見る度に羨ましかった。

なまじ権力と野心がある県丞《けんじょう》たる父に引き取られた玲秋には叶《かな》えられない願い。

眺めることしか出来ない理想の光景。

後宮で愛する人はいなかったが、それでも大切に思う珠玉を育てられることは玲秋の憧れに通じていた。愛おしい、大切な我が子同然の存在。

妹のように娘のように、ひたすらに愛情を注げる相手。

そう。

玲秋はいつだって、愛情に飢えていたのだから。

息を殺し、涙を流す間。

何故だろうか。

玲秋の頭にはずっと、紫釉の姿だけが思い浮かんでいた。

理由は分からない。

けれど、どうしてだろうか。

今すぐ、彼に会いたいと思ってしまったのだった。

零れ落ちていく涙を袖で拭い落ち着くまで家屋の隅に引きこもっていた。

気持ちが落ち着き、そろそろ仕事に戻らなければならないと思った時。

コトリと何かの音がした。

ふと視線を向けてみれば、人影が屋敷《やしき》の隅で玲秋と同じように蹲《うずくま》っていた。影を潜め隠れていた玲秋の存在には気付いていないらしく、その背中は何かに集中している。

使用人らしき女が立ち上がると、綺麗《きれい》な布で何かを丁寧に拭いていた。拭いていた物は小さな壺《つぼ》だった。

官女として働いていた玲秋には分かる。あれは、紹賢妃が第一皇子の母でもあり、皇后の妹でもある李貴妃《りきひ》から贈られた茶葉の入った壺と同じ装飾であると。

そして思い出す。

紹賢妃が亡くなるよりも前。

李貴妃が殺人を企てた罪により冷宮《れいきゅう》に送り込まれ、そして自殺をしたことを。

その後、貴妃の位に就いた者が趙昭儀であることを。

時を遡る前のこと。

玲秋は当時、矢傷の毒により未《いま》だ病床の身であったため話を聞いただけであった。

四夫人の一人にして皇后の妹である李貴妃が冷宮で自死したという報《しら》せがあった。罪状は紹賢妃を殺《あや》めるために毒を盛ったためだという。

幸いなことに、当時賢妃が毒を摂取することはなかった。

遅効性の毒を入れた茶葉を、茶葉の臭いに気付いた使用人が確認をするため早々に飲んでいたことが幸いだった。

しかし毒の効果は強く、使用人は死亡した。

原因を突き止めるため賢妃の屋敷内のあらゆる物を確認して発見されたのが、李貴妃から贈られた茶葉だったという。

けれど今の玲秋ならば知っている。

あの茶葉に毒など入っていない。

(先日もあのお茶を飲んでいたから覚えている)

だとすれば入れ替えられたのだろう。

玲秋は気配を殺し、官女らしき女が壺を隠し持って屋敷の中に入るのを確認した。

息を潜め暫《しばら》く待ってみれば、女が屋敷から出てくる。

明らかに何かを隠し持った様子だった。

女の姿が見えなくなるのを確認してから玲秋は建物の中に戻る。普段は厨房《ちゅうぼう》として使われる場所に通じる入口に入ってみれば中には誰も居ない。

今は厨房の使用人が夕餉《ゆうげ》の支度と片付けも終えた時刻で、一番人の出入りが少ない時間であることが分かる。

そして、明らかにその時間を狙って女が内部に立ち入ったということも。

(あの壺が置いてある場所は知っている)

蓮花として働く間に茶器や茶葉の場所は教わっているため玲秋はすぐに見つけることが出来た。

戸棚を開いてみればいくつもの壺が並んでいる。

以前見た時と全く変わらない壺の中でたった一つの小さな壺を手に取った。

触れる手が緊張で震えていた。

それでも意を決し、玲秋は壺を手に取り急いで袂《たもと》に隠し持った。

後から訪れた者がいれば、盗まれたか紛失したかと気づき騒ぎになるかもしれないが。

それでも構わず玲秋は慌てて建物の外に出た。

怖くて仕方なかった。

誰かに見られているのではないか、という恐怖が玲秋を搔《か》き立てた。

思わず、玲秋は走り出す。蓮花の姿であることも忘れ、自らの屋敷に戻る。薄暗くなった後宮の中とはいえ、髪を乱し走る玲秋の姿は目立っただろう。他に目がいくほど玲秋には余裕がなかった。

「小主？」

息を切らし髪も振り乱した主の姿に、祥媛が驚いた様子を隠さず玲秋に駆け寄った。

垂れる汗をそのままに、玲秋は祥媛に壺を渡した。

「これ……毒かも……皇子に……」

全速力で走ったため息が苦しい。それでも必死で玲秋が訴えれば、毒という言葉に祥媛の表情が強張《こわば》った。

すると急ぎ扉を閉め、更には窓も閉め閂《かんぬき》をはめ込んだ。

「紹賢妃のお屋敷で何があったのですか」

祥媛は玲秋を優しく寝台に座らせてから、水を差しだす。水の入った椀《わん》を手に取り玲秋はいっきに飲み干した。熱くなった体が少しだけ落ち着いた。

「……屋敷の官女が李貴妃から賜った茶葉と……これを差し替えていたのではないかと」

確かに目撃したわけではないが、玲秋は確信できる未来を知っている。

けれど持ち去った壺の中に本当に毒が含まれているかなど分からない。

「お願いです。紫釉皇子に此方《こちら》と、今伝えた事を伝えに行って頂けますか？」

「小主」

「お願いします」

もし過去と同じ時を刻まれるとするならば、この先待ち受けているのは後宮内の政権が大きく変わるということだ。

李貴妃に罪が問われることにより、皇后の立ち位置は瓦礫《がれき》のように崩れ、そして抜けた四夫人の一人に趙昭儀が挙げられる。

皇帝による特別な計らいとして趙は貴妃という大きな位を得ることになる。

それは、これから待ち受ける未来に悪影響を及ぼしてしまうのだ。

「…………畏《かしこ》まりました」

祥媛は決意した顔を見せると玲秋の持っていた壺を大切そうに木箱に仕舞い、固く布で覆った。

「ですがその前に小主、乱れた御髪をお戻し致しましょう」

「ありがとう」

「それと、化粧もお直ししましょうね」

走ったり隠れたり、そして一人大泣きしていたことを思い出し、頬が朱色に染まる。

照れくさそうに微笑《ほほえ》んでから玲秋は大人しく着席し、結っていた髪をふわりと落とす。

紹賢妃の屋敷で施される化粧の種類にはてんで及ばないながらも、祥媛は真剣に玲秋の化粧を直した。

目元を腫らして泣いていた痕跡を残す己の主を哀れと思う。

祥媛とて後宮内の噂《うわさ》は知っている。

紹賢妃の元に突如現れた仙女のような蓮花という官女に皇帝が関心を寄せていることも耳にはしている。

そして翌日に行われる宴《うたげ》が、その仙女を見るためだけに与えられた機会だということを。

(皇子……)

祥媛の主君であり我が子同然に愛《いと》しいと思う若者に想《おも》いを馳《は》せる。

彼の耳にもこの噂は届いているはずだ。

けれど此処《ここ》は後宮。

決して、彼の手が届く場所ではない。

祥媛自らの命を賭して皇帝の行為を止《とど》める術を考えながらも、皇帝という絶対の権力の元で、どう為《な》すべきなのか分からず。

歯がゆい思いのままに、玲秋の髪を梳《す》いていたのだった。

宴の日は、ひどい天候に見舞われた。

大量の雨が凰柳城《おうりゅうじょう》を濡《ぬ》らす。

土は過剰なまでの雨水により歩けば水たまりが至るところに出来ていた。

夕刻となり、更に雨は増していく。

雨によって薄暗い空はまるで夜のようだった。照明を灯《とも》すことも出来ない後宮。そんな悪天候でも輿を抱えた男達は並んで歩く。

輿に主、皇帝徐欣を乗せて。

雨により環境は最悪な状況ではあったが、元々外での宴会ではなく建物内で楽や舞を見せる酒宴であったこともあり、この天候であっても中止とならなかった。

玲秋が身支度を整える清秦軒の日常は何一つ変わらなかった。

ただ、外に池が造られたが故、増水に注意を払う必要がある。後宮内にはいくつか溜池《ためいけ》が存在する。この池もその一つであった。

雨音を誤魔化すよう常に数名の楽団が音楽を奏でている。至るところで良《い》い香りのお香が焚《た》かれている。

玲秋は官女であるというのにいつも以上に化粧や支度に時間を要された。

皮肉なことに、その時間はきっと妃《きさき》として後宮入りした時よりも時間が掛かっていた。

肌の白さを隠すように頬を紅色に塗り、眦《まなじり》にも朱色と金箔《きんぱく》を混ぜた紅を付ける。

着ている服も官女よりは楽団の踊り子に近い。

明らかに官女から逸脱している。

ただ、皇帝や立場が上の者に酒を注ぐ女の服装としては間違ってはいない。

美しく華やかな女が杯に酒を注ぎ、興味を持たれれば伽《とぎ》をすることは常識でもあった。

問題なのは、その役目が蓮花に与えられたことだった。

（紹賢妃は何をお求めになっているの）

妃である玲秋が蓮花だと知られれば偽装の罪を背負うことだろう。そして騙《だま》し匿《かくま》っていたという賢妃にも咎《とが》がめぐってくるかもしれない。

確かに玲秋は未来を変えたかった。

戦により汪国が変わるよりも前に、後宮で自ら出来ることを探すために願い出た。

その結果が今。

（私は何をしているのかしら……）

玲秋には紫釉や劉偉のように戦術を読むことなど出来ない。学問は女に必要ないと、最低限の教養しか与えられてきていない玲秋には考えが及ばない。

それでも後宮にいれば何か役に立てるかもしれないと信じた。

紫釉皇子に少しでも貢献できると期待した。

（何故《なぜ》……皇子を思い出すとこんなにも苦しいの？）

紫釉皇子。

玲秋にとって唯一の理解者である皇子。

玲秋は立場上皇帝の妻で、彼はその皇帝の息子。

それ以上に皇子である彼と玲秋では立場も違い、本来であればまともに会話や文のやり取りをするなど以《もっ》ての外《ほか》だ。

それなのに。

紫釉はいつも玲秋の心をかき乱す。時には癒《いや》し、慰められ、そして苦しい。

愛されるべきである皇帝との伽の可能性を考えるだけで恐怖し、思い浮かべるのはどうしてか紫釉のことだった。

玲秋の心情を第三者が知れば不貞な考えに批難どころか処罰されるべきだろう。

それでもなお考えずにはいられない。

けれど、どうしてなのか。

過去を含め、玲秋が紫釉と顔を合わせた数など指の数にも満たないというのに。

まるでずっと以前から紫釉のことを想い慕っていたような気さえするのだった。

宴が始まる。

踊り子が舞台となった中央で優雅に舞う。楽団の奏でる音楽に合わせ手拍子が鳴る。

クスクスと鈴のように笑う官女らの中に皇帝徐欣は座っていた。

隣には美しく着飾った紹賢妃がいる。

僅かに寄り添いながらうっとりとした仕草で皇帝の腕に指を絡めている。

まだ宴が始まったばかりで配膳の時間ではない。卓上に並べられた数多くの食材は手を付けられるのを待っている。皇帝は薄ら笑みを浮かべ、既に頬を赤らませながら時折女の耳元で何かを囁《ささや》いては声をあげて笑っていた。

玲秋は部屋の端で待つように指示されていた。

皇帝の酒が無くなったら、新しい酒を注ぎに行くよう言い渡されていた。

知り合いの官女から激励の言葉を贈られても、玲秋はうまく笑えなかった。

手が震えている。

逃げ出したい。

けれど、思い浮かぶのは小さな珠玉の微笑む姿。

「…………………」

元から、自分は皇帝の妻なのだ。

何一つ間違ってなどいない。むしろ、今までがおかしいのだ。

皇帝の妻であるというのに忘れ去られた存在。

それが今になって役目を果たすというだけのこと。

自身に言い聞かせれば緊張し震えていた指が落ち着いた。

それでも紫釉の表情が浮かぶせいで眦に涙が浮かぶ。

(大丈夫よ……きっとお気に召す筈《はず》などない)

自分は愛されなかった妃。

皇帝に一度として目を向けられなかった紀泊軒の主。

大丈夫。

「蓮花」

声を掛けられる。酒を注げという合図だ。

玲秋は酒の入った瓶を持ち静かに皇帝の元に向かった。既に酒を飲んでいる皇帝の顔を間近で見たのは何年ぶりだろうか。

口に蓄えた髭《ひげ》は長く口元には酒が僅かに零《こぼ》れている。頬は痩せこけたように細く、眼《め》はギロリと蓮花に向けられた。体調の思わしくない顔だと思ったが整った顔立ちとも言える。

しかし蓮花に向ける視線には明らかに欲があった。

「其方《そなた》が新しい官女か」

「蓮花と申します」

玲秋はゆっくりと杯に酒を注いだ。

一滴たりとも零さないよう気を配り、そして早々に立ち去りたかった。

しかし望みは叶《かな》わず、注いでいた腕を掴《つか》まれた。

「いい女だ」

ゾクリとした。

鳥肌が立った。

耳元で囁かれた声には酒の匂いが充満している。

摑まれた手から逃れたい、けれど出来ない。

皇帝の腕の力が更に込められた時。

微《かす》かに遠くから轟音《ごうおん》がした。それと同時に、地が揺れる。

「……………何事だ？」

徐欣の声に動揺が走る。玲秋を摑んでいた手が離れ、強張《こわば》っていた玲秋の身体《からだ》はゆっくりと男から離れた。

尚《なお》も地揺れは続く。地震だろうかと玲秋も不安から近くの壁に触れるが、時折地を揺らす地震とは違う気がした。集中して周囲を窺《うかが》ってみれば幾重もの音が建物を囲んでいた。

遠くから人の声、そして激しいほどの雨音。

「……誰かあるか！」

焦りを含む徐欣の声が叫べば、閉ざされていた扉が大きな音を立てる。

「申し上げます！　この大雨により地が沈下しており建物にも影響が出ております！」

若い男の緊張をはらんだ声だった。

「どうかお逃げ下さい！　このままでは屋敷《やしき》ごと浸水します！」

男の叫びにも似た声が屋敷の中に響き渡り、事態は一変した。

甲高い男性の声が響くと共に、屋敷内は騒然となった。

まず護衛についていた衛兵達が徐欣に駆け寄り、皇帝の身をいち早く避難させるべく移動させた。徐欣は酔いで顔を赤くしていたがその表情は強張り、声もなく兵と共にその場を去った。隣に居た蓮花を気に掛ける様子はない。

辺りは騒ぎ、騒然とした状態の中、窓を覗《のぞ》けば滝のように雨が降り注いでいた。遠くを見てみれば、屋敷の中にまで水が入りこんでいるところもあった。

「…………賢妃！」

玲秋は遠くにて硬直していた賢妃の元へ走り出す。周囲は騒然とし、主人である彼女を守るよう動いている様子が見えない。

時間がない。天井は水圧に負けて軋《きし》み始めている。

震える時間も、怯《おび》える時間すら惜しい。

大切な人を守らなくてはいけない。今、主人として仕える紹賢妃とそして。

（公主……！）

珠玉の無事を知りたい。

玲秋を支配する想いは、それだけだった。

悪天候に見舞われることが多い時季ではあったが、これほどまでの大雨は初めてだと紹賢妃は緊張で冷えた体で外を見つめた。

彼女の表情は強張っていたものの動揺はなかった。

皇帝が後宮から安全な建物へ移動すると宴《うたげ》の場が騒ぎになっていた。普段見かけない護衛兵らが揃《そろ》って宴の間に入れば、動揺で悲鳴を上げる官女達に対し静まるよう叫ぶ。

「急いで屋敷を出て仁春宮《じんとうぐう》に向かいなさい！」

仁春宮は後宮内の東側にある救護のためにある建物だ。後宮内でも広く地盤が安定したその場所は避難場所として利用されていた。

「落ち着きなさい！　ああ、もう……」

賢妃の官女達は優秀であるが、位が高い家から迎えられる者が多いせいか、こうした緊急時の対応に不慣れな者が多い。従来であれば護衛や控えの宦官《かんがん》が常に傍らにいるのだが、生憎《あいにく》皇帝の宴のため賢妃の優先度など低く、誰に頼ることも出来なかった。

（ここで襲われたらひとたまりもないわね）

自らの弱点をさらけ出しているようで、賢妃は顔を歪《ゆが》ませる。常に余裕を持つべき四夫人の一人としてこの有様《ありさま》。動揺する官女を統率することが出来ていないのは、何よりも自身がこの災害に動揺しているからなのだ。

「貴方《あなた》達、いいから……」

「紹賢妃！」

凛《りん》とした、しかし緊張した声色が部屋に響いた。賢妃はその声が一瞬誰のものか理解できなかった。

「……蓮花？　貴女《あなた》、皇帝と一緒に避難していないの？」

彼女は今日、皇帝に選ばれるはずだ。そのように賢妃自ら采配したのだ。

彼女は息を切らせながらも、真摯な瞳で賢妃を見た。

「これ以上雨が酷《ひど》くなる前に仁春宮へお急ぎください！」

告げるや否や、玲秋は動揺する官女達に声を張り上げ、的確に指示をし出す。

「余計な荷物はいりません！　仁春宮への道は分かる？　何名か先導するから確認を！

残りは小主をお守りしてください」

顔見知りの官女に声を掛け、指示を下す。指示されることに慣れた官女達は、玲秋の言葉に冷静さを取り戻し、慌てて動き始める。ようやく、紹賢妃の望む官女達の姿を取り戻したのだ。

「せめて懐に手拭いを入れて移動をして。灯が見えないから建物を目安に移動してください！」

玲秋の指示により、紹賢妃に寄り添いながら官女達は避難させるために動き出す。

そんな玲秋の行動に賢妃は暫《しばら》く声を出せずにいた。

「蓮花……貴女」

「急ぎましょう、小主」

玲秋の瞳は、本気で自身を心配していた。

(貴女を駒にして、皇帝に差し向けたことを知っているというのに)

賢妃の表情は、ほんの少しだけ悲しそうに微笑《ほほえ》んだ。

常に誇り高く弱みを見せない彼女の表情を、幸いなことに誰も目にすることはなかった。

外に出れば大雨が待ち構えている。

玲秋が外に出れば屋内で思っていた以上に随分と雨が酷く降っていた。そのまま建物で避難していたいと告げる声もあったが玲秋はそれを否定した。宴の部屋の天井も激しい雨により雨漏りを起こしていた。時折みしりと屋根が音を鳴らしており、最早《もはや》長い間建物にいることは得策でないと分かったからだ。

まだ肌寒さの残る時期に冷たい雨が体を一瞬で冷やす。

玲秋はなるべく紹賢妃を支えながら仁春宮へ走る。転ばないよう手を支える玲秋の表情は必死であった。様子を確かめるため賢妃の表情を確認するも、雨の激しさにより見えなかった。美しく着飾った衣類も化粧も雨によって乱され、見る影もなかった。

他の妃達《きさき》も同様に集まっていた仁春宮は人で溢《あふ》れていた。

建物の中を確認する。先ほどの建物よりも新しく造られた仁春宮であれば無事に過ごせそうだ。

「賢妃はどうか奥の間でお休みください」

「蓮花……貴女は？」

賢妃の冷えた手を握り締めていた玲秋の手が離れたことにより、彼女は思わず声を掛ける。

「珠玉様をお捜しします」

「危険よ。他の者に任せなさい」

「申し訳ございません。私がお捜ししたいのです」

玲秋の声色は落ち着いているように見せているが、その瞳には不安と焦燥が浮かんでいた。賢妃は一度考えてから頷《うなず》いた。

「分かりました。無事を確認したらすぐに戻ってきなさい」

「……有難《ありがと》う存じます」

他の官女に賢妃を任せた後、玲秋は急いで珠玉の安否を確認するために建物の中を駆ける。時に声を掛け、珠玉の居場所を確認するも、珠玉を知る者はいない。

（公主……！）

不安が襲う。

濡《ぬ》れて冷えた体をそのままに玲秋は走り出す。

時折すれ違う官女の顔を確認しながら明翠軒《みんすいけん》に走る。灯もなく土砂降りの雨では道も分からない。それでも、確かめずにいられなかった。

「公主……！」

不安から叫ぶ。

雨でかき消えてしまうというのに。全身が鉛のように重いままに。それでも玲秋は走った。

突然、腕を強く摑《つか》まれた。

走り息も切れていた玲秋はその力に抗《あらが》えず、身体を崩す。

しかし地面に倒れることはなく、温かな何かに包まれた。

「玲秋……！」

騒々しいほどの雨の中でも、その声が誰であるか玲秋には分かった。

けれど幻だと思った。

ここは後宮で、彼が入れる筈《はず》は無いのだ。

しかし玲秋の名を呼んだ主はもう一度彼女の名を呼び、そして強く抱き締めた。

数か月会えなかっただけだというのに、彼の体格は成長していた。初めて顔を合わせた時は玲秋より少し背の高かった青年は、あっという間に玲秋を包み込むほどの背丈で抱き締めてくる。

声も、少し低く掠《かす》れていた。

不思議なことに玲秋にはとても馴染《なじ》み深い声だった。

懐かしい。

愛おしい。

そう、思わずにいられない声の主。

「紫釉様……！」

そこには確かに紫釉が居たのだった。

紫釉もまた全身が濡れ、互いに見つめ合えば前髪から雫《しずく》が滴り落ちている。

紫釉は玲秋を抱き上げるとすぐ近くにあった建物まで走り出した。建物に入ってみれば誰も中にはおらず避難をした後らしい。

紫釉は周囲を確認すると拭くものを探す。適当に見繕い玲秋に掛けた。彼自ら玲秋の頬を、髪を拭う。

「申し訳ございません。今は珠玉公主をお捜ししないと……」

「だと思った」

慌てて外へ向かおうとする玲秋の腕を優しく掴みながら紫釉が穏やかに微笑んだ。

「珠玉は先んじて余夏に命じて離宮に避難させている。あの子は無事だ」

紫釉の言葉に玲秋は目を大きく開いた。

「紫釉様は……今日このような事が起きるとご存じだったのですね」

「ああ。暦を確認していたからな。後宮の内部で浸水による被害が出ることも知っていた故に混乱に乗じ後宮に入った」

説明を続けながらも間近で見つめてくる紫釉と目が合うだけで玲秋の体は熱くなった。見られているという恥ずかしさ。会えたことの喜びが体中から溢れてくる。何より、珠玉が無事であるということに緊張していた身体《からだ》が弛緩《しかん》しだした。

「紫釉様……有難う存じます……」

玲秋は近くに置かれた布を手に取り、紫釉の頬と髪を拭いた。ぽたりぽたりと落ちる雫。少しだけ日に焼けた肌は少年らしさを脱ぎ捨て、一人の男としてその場にいる。

互いに拭きあう間、言葉はなかった。

何故此処《なぜここ》にいるのか。

どうして傍《そば》にいてくれるのか。

尋ねたいことは沢山あった。

けれど言葉を放つことは出来なかった。

互いに見つめ合い、一瞬たりとも視線を外したくない強い欲が二人を掻《か》き立てる。

紫釉の前髪が玲秋の頬に当たる。

顔が、近づく。

互いに冷えた鼻先が触れ合う。

そうしてゆっくりと紫釉の顔が近づき、玲秋の唇に触れようとしたところで我に返る。

「……っなりません！」

正気に戻ったように玲秋は慌てて顔を逸《そ》らし、紫釉の前に掌《てのひら》を押し出して唇を止める。

「…………玲秋」

紫釉から聞いたこともない困った声色で名を呼ばれた。その声は明らかに以前会話した時よりも低くなっていた。

「申し訳ございません……ですが、私は皇帝の妃で……」

「父は貴女に見向きもしないというのに？　官女となった妻の姿を見ても、妻である玲秋の姿を思い出すこともなく蓮花としての其方《そなた》に関心を抱くような男が、それでも夫であると？」

紫釉の言葉は正しい。

徐欣は微塵《みじん》にも玲秋の事など思い出さなかった。

そして玲秋自身もまた、久方ぶりに再会した皇帝に触れられたところで、感じたものは愛情ではなく不快だった。

思い浮かんだ人は、今目の前にいる紫釉だった。それこそが玲秋の本心なのだ。

それでも。

玲秋は頭を下げた。

「………申し訳ございません」

頭を下げずにはいられなかった。

冷えた体は僅かに震えて、謝る声は寒さからなのか震えていた。

このまま触れ合えればどれほど幸せであろうか。玲秋は、治療行為とはいえ紫釉との口づけを思い出す。あれは、治療であると分かってはいる。それでも、嫌がるどころか安堵《あんど》したのだ。

瞳を閉じて頭を下げていれば、紫釉の髪から水が伝い玲秋の頰に垂れる。

薄らと目を開けた玲秋は紫釉と目が合う。どうやら紫釉はずっとこちらを見つめていたらしい。

間近で見つめ合っていたが、紫釉は玲秋が口を挟む間もなく彼女の濡れた額に優しく唇を押し当てた。

「し、紫釉様！」

「………其方が父と顔を合わせると知った時は、父を殺したいとさえ思った」

紫釉の言葉に玲秋は気付く。紫釉には全て分かっていたのだろう。

今回の宴《うたげ》が、蓮花のお披露目を兼ねたものであるということを。

申し訳ない思いから、僅かに顔を俯《うつむ》かせるが紫釉の指が玲秋の頬に触れ顔を上げさせる。

「あの男に触れさせなどしない」

「紫釉様……」

心臓が煩《うるさ》いほどに高鳴っている。

「其方が父の妻であることは承知だ。それでも、私の想《おも》いは変わらないよ」

優しく額を撫《な》でる紫釉の指を、本来であれば止めるべきなのだ。

それなのに、玲秋は止めることが出来なかった。

「玲秋」

名を呼ばれる。

「其方を愛《いと》しく想う」

短い言葉から、紫釉の心が全て込められている声色は甘く、そして真剣で。

玲秋自身が言葉を素直に受け止めるのであれば、ただ一つ。『嬉《うれ》しい』。

けれど、その感情を言葉にしてはならない。

「…………」

言葉に詰まっていれば、一瞬明るくなった光景と音が玲秋を現実に戻らせた。雷が落ちたようだ。

灯によってよく見れば紫釉の衣装が皇族らしい衣装ではないことに気が付いた。

「…………紫釉様」

「うん？」

宦官《かんがん》や官吏の者が着るような地味な色合いをした服を着た紫釉が優しい瞳で玲秋を見つめる。

「…………報《しら》せは、もしかして紫釉様が」

続きを告げることは出来なかった。紫釉の人差し指が冷えた玲秋の唇に押し当てられたのだ。先ほど玲秋が口づけを止めたように続きを遮られた。

紫釉の表情は何処か、悪戯《いたずら》が見つかった子供のような瞳で笑みを浮かべていた。

「私が出来たのは、官吏の者に報せを早く出すまでだ。後宮では大きく動くことはできない。混乱に乗じてようやく中に入れたぐらいだからな」

「充分にございます。どなたにも見つかっていらっしゃいませんか？」

「ああ。大丈夫だ……茶葉を祥媛より預かった。あれは、今後の後宮の政権を大きく変える切っ掛けとなる物だったのだ。其方が持ち運んできたことには驚いたが……ありがとう。其方のお陰で多くの者の命と職が救われることになる」

「どういう……ことですか？」

玲秋は、あの茶葉にそれほどの影響があると思ってもいなかった。

「過去の記憶を覚えているだろうか。あの茶葉は皇后の妹が紹賢妃を暗殺するために用意されたと言われている。その真実は定かではないが、露見したことにより皇后側の権威は地の底にまで落ちた。李貴妃は亡くなり皇后も立場を追われ静養という名の監禁状態となった。権力を失った皇后の影響で其方の官女も異動していたし、珠玉の官女も数を減らされていたのだが覚えているか？」

「覚えてはおりますが……そのような事実があったことまでは」

「この暗殺未遂を機に反旗を翻したのは紹劉偉だ。空席となった貴妃の席に趙昭儀を置き、後宮内の秩序は悪化の一途をたどっていた。其方が毒を先んじて取り払ったため貴妃の権力は覆されない。これは、大きな貢献だ」

「紫釉様……」

「ありがとう、玲秋。私には変えることが出来ないと思っていた未来を其方が変えてくれたのだ。危険に巻き込みたくない思いはあるが……それでもよくやった」

紫釉の言葉を聞き終えると同時に、玲秋の頬から涙が伝っていた。

「玲秋？」

「いえ……違うのです……っ」

誤魔化そうと思ったが、それは出来なかった。

嬉しかった。

何も出来ないと思っていた。たとえ未来を知っていても玲秋一人では何も救えないのではないか。そんな不安がよぎっていた。

けれど違うのだと、紫釉の言葉からようやく自分自身を認められた。

(私は未来を変えられる……)

どのような未来かは分からない。けれどもあの地獄のような未来を回避できるのであれば。

「玲秋」

「大丈夫です。ありがとうございます……紫釉様のお言葉に感動しておりました」

「……何度も言うが、本来であれば其方を巻き込みたくはなかった。だが、其方の判断は正しい。後宮は後宮に属する者でしか変えることが出来ない」

歯がゆい思いを吐き出す紫釉の表情は暗い。

「私は争いを極力無くし、血が降り注ぐような未来を避けたい。そのためにも、玲秋の協力は不可欠なのかもしれない」

「紫釉様……私が紫釉様と共に過去に遡ることとなったのも、こうした働きを求められていたのでしょう。どうぞお任せくださいませ」

それは確かに玲秋の本心から出た言葉だった。

過去に戻ったことは珠玉を救うために行動せよという神のお告げなのだと思った。

けれどその言葉を聞いても紫釉の表情が明るくなることはなく。

むしろ、さらに暗い影を落としたのだった。

「好いた女を危険な目に遭わせる私の身にもなってほしいものだ」

「…………」

ボッと、玲秋の顔が林檎《りんご》の如《ごと》く赤らんだ。

「だからこそ其方に惹《ひ》かれるのだから致し方ない。惚《ほ》れた弱みというものだ」

「紫釉様は……」

どうして自分のような者を。そう告げようと口を開いたが、グッと唇を抑えた。

気にならないと言えば嘘《うそ》になる。何より、玲秋自身、紫釉に惹かれて止《や》まないのだ。

(でもそれは駄目よ)

自身は名ばかりとはいえ、現皇帝である徐欣の妻なのだ。その事実が取り払われでもしない限り、この想いは告げるべきではない。

俯く玲秋の様子から全てを察したのだろう。紫釉は濡《ぬ》れた玲秋の前髪をそっと耳に掛ける。そうして、彼女の手を取り、優しくその手に口づけた。

「いつか、改めて告げよう。其方が言葉を塞がず……柵《しがらみ》に囚《とら》われることがない、その時が来るまでは……まだ、このままで」

「…………はい」

温かな言葉だった。

何故だろう。いつだって紫釉は玲秋の事を先んじて理解をし、そして彼女の欲しい言葉を口にするのだ。

(私も紫釉様にお喜び頂ける言葉を贈れたなら)

そんな日が訪れるのだろうか。

「……この水害と同時にもう一つ大きな事件が起こることは玲秋も知っているな」

気を取り直し、互いの服を乾かし合いながら建物の中で暖を取っていた時だ。紫釉の話ではこの後多少雨は収まるため、その時を見計らって移動する話となった。

後宮に紫釉が居続けることは危険であることは承知しているが、離れ難いと思う玲秋は自身の我儘《わがまま》な心に叱咤《しった》していた。

そんな時、紫釉が告げた言葉に玲秋は静かに頷《うなず》いた。

「この雨の後、紹賢妃は体調を崩す。雨に濡れたために体を壊したと言われるが懐妊と分かる。それと重なり各地水害により混乱が生じるだろう。水害の被害は私の方で対応できるが……」

「お任せください紫釉様」

玲秋は紫釉の手を握る。

「紹賢妃の御体は私がお守り致します」

「玲秋」

「お願いします。私に役目をお与えくださいませ」


そして、予測した通り紹賢妃は体を壊した。

二日かけて降り続いた雨が止んだ日のことだった。

賢妃の侍医の診断により彼女の懐妊が報告されたのだった。

大雨により甚大な被害が生まれた過去に比べると、今の状況がとても良《い》いことを玲秋は知っている。

水害を見越して築かれた堤防により水が農村に被害を及ぼす数が大いに減っていたのだ。

特に紫釉が州牧《しゅうぼく》を務める安州《あんしゅう》の被害はほとんど無かった。これは、紫釉が過去に戻ってから第一に行っていた準備が功を奏したからだった。勿論《もちろん》他の州や皇帝に提案して予防すべきだと彼は再三忠告をしてはいたが、その声に従わなかった州の被害は大きかった。

この行動に対し民は賞賛した。特に畑の被害を深刻に見ていた民は被害が及んだ民の様子を見ては安堵し感謝することだろう。

次期皇帝と言われる第一皇子以上に紫釉こそ天下に相応《ふさわ》しいと噂《うわさ》する声すらあった。

第一皇子巽壽《そんじゅ》が州牧を務める錦州《きんしゅう》の被害が大きかったせいもある。

巽壽は何一つ水害の対策を講じてはいなかった。それどころか他州よりも暮らしがひっ迫していたこともあり、瞬く間に立場が崩れ落ちた。

更に事態が一変したのは、賢妃である紹充栄が懐妊したことがある。

もし男児が誕生するとなれば、長く汪国に仕えた紹一族から皇子が誕生することとなる。

第一、第三皇子よりも母の立場が強い紹賢妃の皇子が次期皇帝となれば、政権はより盤石となる。特に姉弟で交流深い紹劉偉大将軍の後ろ盾もあり、この時の皇帝は紹の言葉を蔑《ないがし》ろにすることは出来なかった。

何より皇帝自身の振る舞いに問題があった。水害が起きた頃、宴《うたげ》を催していたどころか我先に避難をしていたことは後宮だけではなく外朝にも知れ渡っている。

『暫《しば》くは行動をお控えするように』

紹将軍の冷たい視線に諌《いさ》められ、気まずい表情を見せながらも大人しく城に籠る皇帝の様子に劉偉は溜《た》め息《いき》を零《こぼ》す。

そして、「父に行動を控えるよう強く伝えてほしい」と頼んできた紫釉の顔を思い出す。

あの青年は逸材だ。

先見の明を持ち、未来すら予測しているような行動。

まだ若き皇子だというのに、その言葉遣いや風貌は紹以上の年かさを感じるほどだった。

紫釉は賢妃の懐妊が分かってすぐ、劉偉に文を送っていた。

『貴殿の甥《おい》には天より与えられた恩恵が得られるだろう。私は生まれる弟に天を見せたい』

天とはつまり皇帝の座を指す。つまり、紫釉は劉偉に対し生まれてくる弟に王位を与えたいと言うのだ。まだ性別すら、生まれることすら分からないというのに、その文面には明確な意志が感じられた。

真意は分からないが、劉偉はそれが偽りではないと分かる。

紫釉には皇帝の座に対する野心が何一つなかった。

知力もあり皇帝となれば賢君として名を残すことも出来るだろうに、彼には一切の欲がない。

彼から感じる欲を言うならば、それは一人の女性に向けられているのではないだろうか。

劉偉は先日顔を合わせた蓮花の姿を思い浮かべる。

先の宴では、水難の騒ぎにより彼女が皇帝に呼ばれることはなかったと聞く。安否までは具体的に聞くこともならなかったが、姉の話を聞く限り元気にしていると聞く。

不思議と劉偉は安堵《あんど》していた。

何故《なぜ》だろうか。

一介の官女に対し、妙な思い入れを抱く自身に、多少なりとも動揺をしていた。
確かに美しい女性であった。謙虚な様子で、それでいて媚《こ》びない姿勢。
一つ拭えない疑問は、劉偉に向ける恐怖。
いつ劉偉に殺されるのか。そんな恐怖心を抱きながら視線を向けてくる。
劉偉にはそれが不思議でならなかった。
それと同時にどうしてだろうか。
ひどく、とても。
悲しいと思ったのだ。

四章　改編

月日は瞬く間に夏を終え、秋の紅葉彩る季節となった。

夏に執り行われる地の祭祀《さいし》は紹《しょう》将軍の目もあったためか、巽壽《そんじゅ》も皇帝も口を挟むことなく儀式はつつがなく終えられ、徐々に冬支度のために準備を整える時期となった。

紹賢妃のお腹《なか》も少しずつ大きくなり、間もなく赤子が生まれてくるのではないかと気もはやらんばかりに清秦軒《せいしんけん》では賑《にぎ》わいが絶えない。

「このように元気にお腹を蹴られているのですから、皇子様かもしれませんね」

「ふふふ……これで女子でしたらとてもやんちゃだわ」

近頃体格が大きくなり、何度もお腹を蹴ってくるらしい赤子の様子を微笑《ほほえ》ましく見つめる紹賢妃の様子に玲秋《れいしゅう》は朗らかに微笑んだ。愛おしそうにお腹を見つめる賢妃の表情はみるみる女性から母親らしい面差しを築いていく。赤子の成長と共に、母の自覚が芽生えていると、かつての賢妃が言っていたことを思い出す。

「皇子がお生まれになれば、趙昭儀《ちょうしょうぎ》もこれ以上突っかかってこないですかね」

「こらっ明琳《めいりん》。そんなことを思っていても口にしては駄目よ」

共に茶の支度を整えていた明琳に対し同じく官女の愁蘭《しゅうらん》が諫める。彼女達は古くから紹賢妃に仕えているため、こうした軽口を言い合っていても咎《とが》められることはない。

どちらも幼い頃より賢妃に仕えているためか、佇《たたず》まいや言葉遣いも上品であった。明琳は派手には見えぬ化粧が上手《うま》く整った顔立ちをしている。愁蘭は傍《そば》によれば花梨《かりん》の香水がほのかに香る。皆、他の官女では手に入らぬ品を当然のように使っていることから生まれが他の官女達より良いことを窺《うかが》わせる。

二人の様子を眺めていた紹賢妃は穏やかな笑みを浮かべながら見つめている。

温かく優しい光景。

玲秋は改めて願う。この平和を絶やさず残し続けたい、と。

予定を考えれば間もなく紹賢妃は殺される。

死んだ理由も、原因も、殺された方法すら分からない。ただ事実だけを玲秋は知っている。

（少しでもおかしいところがないか確認しなければ）

いつも以上に念入りに茶葉や食器に気を遣う。

毒殺なのか、暗殺なのか。

物に変化が無いかを毎日必ず確認する。

建物内に変わりがなければ次は外を。

池の周辺は水嵩《みずかさ》が増したために今は近づけないようになっている。

玲秋は塀や木々の間までを掃除する素振りを見せて確認していると。

「まるで不審者のようだな」

低い声色で話しかけられてきた。

驚いて振り返れば、相変わらず侍医の衣を身に纏《まと》った紹劉偉《りゅうい》が立っていた。

「劉《りゅう》……侍医様」

「劉で構わない。素性はもう知っているだろう？」

久しく聞かない男性の低い声に玲秋は怯《おび》えながら劉の顔をじっと見つめていた。

深く被《かぶ》った帽により周囲の者には素顔は見えないが対面している玲秋にはしっかりと見える。

鋭利な刃のように鋭い眦《まなじり》が、玲秋の表情を見ると困ったように和らいだ。

「其方《そなた》の警戒ぶりは相変わらずだ」

「申し訳ございません」

「いや、急に声を掛けた私も悪い。少し話がしたいと思い顔を出した。今ならば他の誰もいないので安心してほしい」

懐妊したことにより賢妃の元には頻繁に侍医が訪れるようになった。その中で、こうして時折劉偉も侍医の格好で訪れることがある。

本来は男性が入ることが出来ない後宮であるはずなのにこうして簡単に出入りできるのも紹賢妃の周到な手配や周囲の采配等が整っているからだろう。他の妃《きさき》では絶対にあり得ない。

たとえ皇子であろうとも後宮には入れない場所に、劉偉は入れる事実そのものが、今の王朝において権力が誰にあるかを物語ってもいるのだ。

「……何の御用でしょうか」

「姉の暗殺を警戒してくれていると紫釉殿下から聞いている。その事にまず御礼《おれい》を」

その場で劉偉が感謝の言葉を口にする。

玲秋は慌てて首を横に振る。

「小主にお仕えする身なれば当然のことにございます」

「仕えていればな。だが貴女《あなた》は妃であろう。妃の立場で官女のような働きなど、本来であれば考えられないことだ。しかも過去に一度貴女は毒を突き止めている。気付かず姉が飲んでいれば命にかかわった。内密にされた事であるとはいえ……弟として感謝する」

「紫釉皇子と、沢山話をされているのですね」

以前の毒が盛られた茶葉については紹賢妃にも伝えていないことだった。

それを知っているということは紫釉が自ら劉偉に伝えたということだ。

その理由が分かる。

紫釉と、そして玲秋が彼の姉の味方である証《あかし》を見せたのだ。

その事で少しでも劉偉に対し信頼を得られれば未来に起こりうる最悪の結末を回避できるかもしれないと踏んだのかもしれない。

それならば、玲秋もまた態度を改めなければならない。

彼と対峙《たいじ》する度強張《こわば》ってしまっていた態度を改めるために、玲秋は少しばかり間をおいてから劉偉に対し微笑み礼を見せた。

「紫釉皇子から信頼厚い劉様に、私からも信頼をお返し致します。至らぬ身ではございますが、賢妃の御身をお守りすることを誓います」

「…………」

劉偉がぽかんとした顔をしていた。

日頃冷徹な大将軍と称される彼からは想像できないような、なんとも言えない表情だった。

「劉様……？」

「……貴女の体も大事にしてほしい。貴女の身に何かあっては……彼《か》の方も心配なさるだろう」

「……彼の方はお元気でいらっしゃいますか？」

直接的ではないとはいえ、紫釉の名が出ると玲秋の胸が大きくざわつく。

嬉《うれ》しいような、それでいて会えない寂しさなのか。

彼が今どのように過ごしているのか聞きたかった。

玲秋と紫釉の間では、相変わらず文のやり取りが続いていた。報告をまとめたような真面目な文から、ひたすらに会いたいと願う恋文のような文まで送ってくれる。

名残惜しくも燃やし捨てなければならない文。贈られる喜び、捨てる哀《かな》しみ。紫釉との関係はその延長線だった。

玲秋は不思議でならなかった。

過去にも同じように文のやり取りはあったものの、顔を合わせた数は少ない。だというのに、紫釉に惹《ひ》かれて止《や》まないのだ。

「……………ああ。息災に過ごしておられる」

「そうですか……安心致しました」

無事でさえいてくれればよい。本当はもっと顔を見たいし声を聞きたい。

まだ若い年齢であるはずの紫釉。玲秋の方が年上なのだが、過去を繰り返しているためか紫釉の態度は出会った時からひどく落ち着いており、年下とは思えない風貌だった。

それでいて宴の際に会った彼は驚くほど成長していた。背は玲秋を超え、声色も透き通るようで心地好《よ》かった。

愛おしい想《おも》いが顔に浮かぶなど、想像もしていない玲秋の様子を劉偉は黙って見つめていた。

分かりやすいほどに純粋な女性。

姉に対しひたむきなまでに思いをぶつけ、既に半年以上官女として過ごしているというのに悪評どころか後宮で噂《うわさ》されるほどの美姫《びき》。

彼女を伽《とぎ》にと、求める皇帝を諫《いさ》めたのは他ならぬ劉偉だった。

姉からの依頼でもあった。恩人であり、自身が身籠ったことにより今は事を荒立てたくないという采配でもあった。

姉が皇帝の子を身籠ったことにより紹の一族は今王朝に対し大きな態度を見せることが出来る。勿論《もちろん》使いすぎてはならない。あくまでも王に仕える家臣の一つとして、ただ少しばかり発言が許される程度の態度だ。

だが、他の家臣に見せるにはそれで充分だった。

皇帝から寵愛《ちょうあい》を受ける趙昭儀の一族が昨今王朝内でも強い態度を見せていたが、賢妃の懐妊により立場が若干落ち込んでいた。

(仮に昭儀の位が四夫人になっていたらまた変わっていたであろうな)

聞けば先日茶葉に含まれていた毒の送り元を考えてみれば、李貴妃《りきひ》の立ち位置は大きく変わっていただろう。紫釉皇子によれば、それこそが黒幕の思惑であろうということから貴妃の名も公にはしていない。

だが、皇后には釘《くぎ》を刺した。

李一族が脅かされる可能性のある今、大きく事を荒立てるような行動は慎むべきだと紹一族から伝えれば、皇后を含め李一族は口を噤《つぐ》んだ。

汪国《おうこく》で名を馳せていた李一族を黙らせることが出来た事は僥倖《ぎょうこう》だ。

（あとは……）

趙昭儀と、彼女の一族を思い浮かべる。あそこは一筋縄ではいかない。必ず紹賢妃に対し行動に出る筈《はず》である。

劉偉は暫《しばら》く黙り、じっとこちらを見つめ微笑んでいた玲秋を見つめる。

（何事もなければよい）

健気《けなげ》な彼女の笑顔が曇らなければよい。

願わくは。

劉偉を見つめる顔が、このまま微笑んでいてくれればよい。恐怖に怯えるのではなく、穏やかな瞳で真《ま》っ直《す》ぐに自分を見つめてくれればと。

小さな願いを込めながら、劉偉は玲秋の笑顔を見つめていた。

玲秋が気を張り詰めながら過ごす間に季節は過去で賢妃が亡くなった時期に近付いた。

官女蓮花《れんか》として勤めながらも、屋敷《やしき》の中に不審なものがないか確認し終えた玲秋は、何度となく繰り返した過去の記憶を確かめる。

当時病み上がりということで表立って出歩く機会も少なかった玲秋は当時のことをよく覚えていない。

時折様子を見にきてくれた紹賢妃が早産により御子と共に身罷《みまか》られたことも、当時宦官《かんがん》からの報を聞くだけであった。

具体的に何があったのか、後宮内の事であるが故に紫釉も何も分からないと言っていた。

だからこそ警戒して過ごしてきたものの、未《いま》だに何も分からない。

焦る思いばかりが募る。

今は穏やかに玲秋と顔を合わせる劉偉が、いつまた鬼神のように玲秋と珠玉を殺すのか分からない。

その恐怖に体が震える。

（………そういえば）

ふと、冷宮《れいきゅう》で過ごしていた数日間を思い出す。

あの頃ほとんどの妃や官女が冷宮に送り込まれた。

清秦軒で紹賢妃に仕えていた明琳と愁蘭も同様だった。

彼女達が捕らえられたことが当時の玲秋には不思議でならなかった。彼女達は紹将軍の姉に長く仕えていた官女達だったからだ。

(元々は紹家に縁故ある一族の子達だったのに、彼女達も同じように捕らえられて……それから)

それから、どうなった？

「蓮花」

声を掛けられたことに驚き玲秋は慌てて顔を上げてみれば。

そこには明琳が立っていた。

髪をきっちりと結わえ、可愛《かわい》らしい花飾りをつけた彼女が首を傾《かし》げながら玲秋の側に近付いてきた。

「何をしていたの？」

「や……屋敷に飾る花を考えていたの。小主の調子もよろしいので花の香りで落ち着いて頂きたくて」

「そう。素敵な考えだわ」

明琳がニコリと笑う。

彼女の声は涼やかでよく通る声質なので、遠くからでも彼女だとよく分かる。

「本当に丁度良かった。花の香りも良《い》いけれど、今日はこれを使ってくれない？」

「これは？」

明琳が取り出した小さな包を受け取る。麻布で覆われた中身はお香の形をしていると分かる。

「隣国から取り寄せた香らしいの。母体の気持ちを楽にしてくださる効果があるそうよ」

「どうやって手に入れたの？」

「太后様からの賜り物とお聞きしているわ。離宮で静養なさっているけれど、小主のご懐妊祝いにせめて安らかに過ごしてほしいと仰《おっしゃ》って贈って下さったみたいなの」

懐から取り出した文を渡され確認してみれば、確かに皇帝の母である太后の名が記された贈り物であることが分かる。

「……分かったわ」

「ありがとう！　私、急ぎの用事が他にあったからすぐに準備も出来なくて。丁度玲秋がいてくれて助かったわ。終わったら太后様の使いに報告しておくから教えて頂戴」

「うん」

可愛らしい笑顔を向けた後、明琳は駆け足で屋敷の中に戻る。

残されたのは玲秋と小さな香が入った包と、小さな文。

（太后様……）

皇帝徐欣《じょきん》の母ではあるものの、病床の身でずっと離宮で暮らしている御方。特に政権に口を挟むことはなくひっそりと過ごされていると聞いていた。

玲秋は明琳から渡された文を眺める。警戒している玲秋の目にも怪しさは感じられない。太后の証である印がしっかりと押されていたからだ。

（…………でも、本当に？）

滅多に贈り物を寄越さない病床の太后から贈られた香。本人を示す印を押された文。それでも玲秋の胸はひどくざわついた。

遠くから明琳の笑い声が聞こえてくる。屋敷の中で誰かと話しているようだ。

彼女の声はよく響く。

高く、明るい声。彼女が笑えば屋敷の中が明るくなったような気さえする。

そして同時に。

彼女がおぞましい悲鳴を上げるほどの、その悲痛さを胸に刻ませる。

（そうだ……）

過去の冷宮で、玲秋は彼女の悲痛な叫び声を聞いている。

拷問に掛けられ、泣き叫ぶ声が玲秋の閉じ込められていた部屋の中まで聞こえていた。

玲秋はその恐ろしい声が少しでも珠玉に聞こえないよう、彼女の耳を強く塞いでいた。

だからこそ玲秋はしっかりと聞いていた。

明琳の悲痛なまでの叫び声を。

（どうして彼女はあれほどの拷問を受けていたのかしら）

賢妃を救えなかった家臣としての罰だとすれば、紹賢妃が亡くなった折に行われていてもおかしくない。けれど彼女が賢妃亡き後も別の妃《きさき》に仕えていたことを知っている。

掌《てのひら》に乗せていた包を持つ手が重い。

玲秋は賑《にぎ》やかな建物に背を向け、足早にその場を去った。

「れいしゅ……蓮花？」

官女の姿で現れた玲秋の姿に祥媛《しょうえん》が驚く。少しばかり息を切らして戻ってきた玲秋の姿を見て彼女は慌てて部屋の窓や扉を閉めた。

祥媛とは時折だが蓮花として顔を合わせることもある。そうした時は顔見知り程度の挨拶しか交わさないよう徹底していた。

誰も近くに居ないことを確認した後、祥媛が玲秋に近付いた。

「どうなさったのです？」

「どうしても気になったものがあって……」

祥媛には事情を概《おお》ね説明してあるため、その言葉に表情を硬くした。

玲秋は握り締めていた香と懐に隠していた文を取り出し祥媛に渡す。

香を手に取り、祥媛は訝《いぶか》しげに眺める。少し鼻先に近づけて匂いを嗅ぐ。それから文を開き中身を確認する。

「太后様からの賜り物としか思えませんが……」

「香におかしなところはない？」

「私の知る限りでは……ああ、でも。余夏《よか》なら分かるかもしれません」

すぐさま祥媛は玲秋をその場に待たせ急いで余夏を呼びに向かう。彼女が暮らす珠玉の屋敷とは距離があるため少しばかり時間が掛かる。

幾ばくか落ち着きなく待っていれば、祥媛が余夏を連れて戻ってきた。

余夏は事情を既に聞いていたらしく、玲秋に軽く礼をするとすぐに香を手にし、匂いを嗅ぎ。

表情を硬くした。

「こちらが太后様からの贈り物だったと仰いました？」

「ええ。賢妃の官女から、太后様の使いから賜ったと言われたの」

「それが事実であれば恐ろしい……この香には芥子《けし》の果汁が混ざっております。鎮痛や睡眠に効果をもたらしますが、長期的に過剰摂取すればいずれ死に至る場合もございます」

玲秋は言葉を失った。

「ほ……本当なの？」

「芥子は香りも良いため誤って使用することもあるでしょう。それに、鎮痛や安眠には実際適しておりますので頻度や適量に気をつければ使用することも出来るとは思います。ただ……懐妊された賢妃に使われることで、御子に影響を及ぼさないとも言い切れません。どうしてこのような物を太后様が贈られるというのでしょう」

余夏の言葉は、もはや独り言にも近かった。

その場にいる誰もが疑問に思い、そして答えが出ない問いであったのだ。


翌日。

「蓮花。昨日渡した香はどこにある？」

「あ……うん。それが、あの後使ってみたらうまく焚《た》けなかったの」

香を余夏に渡した翌日に明琳から聞かれた玲秋は顔を強張《こわば》らせながら答えた。

玲秋の反応まで気付かなかった明琳は残念そうな顔をして溜《た》め息《いき》を吐いた。

「湿気《しけ》ていたのかしら。太后様の賜り物なのにねぇ……それなら仕方ないわ。どんな香だったのか使ってみたかったな～」

その表情に偽りはないと思う。

けれど真実は分からない。玲秋に渡してきた明琳もまた暗殺の協力者である可能性も否めないと余夏には言われた。用心するように強く言われている。

生花を建物に飾りながら玲秋はぼんやりと考える。

（これで……回避されたの？）

可能性としては低いけれど、それでも一つは回避できた。

油断してはならないし、何より目の当たりにした殺意は恐ろしかった。日常手にする物が人の命を奪う代物に変わるのだ。

そうなると日頃確認している物だけでは足りないのではと、日常の確認作業もさらに念入りになってくる。

他の官女達が賢妃と絶え間なく話を続けている間も玲秋は黙々と確認をする。

その様子を、時折紹賢妃が見つめている視線には勿論《もちろん》気付くことは出来なかった。


「蓮花」

夕刻となった頃、紹劉偉がやってきた。

相変わらず格好は侍医としての衣装、そして深く顔を隠すように被《かぶ》り物をつけている。

呼ばれた玲秋は少しばかり足早に劉偉の元に向かい頭を下げる。

その様子を見守る眼差《まなざ》しは優しかった。

「皇子の使いから事情は聞いた。見つけ出してくれたこと、礼を言う」

「滅相もございません」

「だが、阻止したことにより其方《そなた》にも危険が及ぶやもしれない。充分に注意をしてもらいたい」

「はい」

劉偉にまで注意を受けると思わなかった玲秋は頬が微《かす》かに緩んだ。ここまで心配してくれる人がいるのだ。

「……………皇子も心配していらっしゃる」

紫釉の存在を言われれば玲秋の頬が瞬く間に朱色へと変貌する。名前を聞くだけでこの反応。直接見《まみ》えた時にはどのような顔となるものか。

劉偉はそんな想像をした途端、胸にざわめきが生じていた。だが、その思いを払拭して言葉を続ける。

「香を届けた使いについてはこちらで調べておく。必要ならば拘束を考えている」

「…………はい」

「とにかく、危険な目に遭いかけたらすぐに知らせてほしい」

「かしこまりました」

本来なら。

本来ならば、このような危険な行動を止めさせ、安全な場所で過ごしてもらいたい。

しかし劉偉の姉は今汪国の未来を大きく揺るがすほどの重要な存在でもある。

昨今まで大きく勢力を伸ばしていた趙昭儀の存在も姉の懐妊により縮小傾向にあるが、それでも尚《なお》皇帝は彼女に依存をしている状態。

後宮の内部に立ち入れたとしても、特別に劉偉がこうして数分顔を合わせることが精々だ。

(彼《か》の方はどれほど苦い思いをされているのだろう)

いつ出会ったのか、どのようにして想《おも》いを交わしたのかも分からない若き皇子のことを思う。

後宮など足を運んだことすらないような紫釉が、何故《なぜ》忘れ去られた妃の事を想い、慈しむのか。

劉偉には分からなかった。

玲秋や劉偉の懸念を余所《よそ》に、時は何事もなく進んで行く。

束の間《つかま》の休息とは言い難い時間が繰り返され。

気が付けば賢妃は臨月となっていた。

いつお腹《なか》の子が出てきてもおかしくない頃、季節も涼しく肌寒い時期を過ぎ、初雪はいつかと灰色の空を見上げる日々だった。

(過去に亡くなられた日を越えられた……)

玲秋の知る賢妃は突然倒れ、そのまま御子を早くに出産し亡くなられたと聞いている。

少なくとも生まれて問題ない日までたどり着いたことは玲秋にとって大きかった。

もしかしたら無事に生まれるのではないか。

そんな楽観した想いを抱いては慌てて首を横に振る。まだ気を緩めてはいけない。何が起こるのか分からないのだから。

「蓮花。今日は風が強いらしいから窓の閂《かんぬき》をお願いしてもいいかしら?」

「分かったわ」

明琳に頼まれ、玲秋は屋敷《やしき》の中を駆け巡る。

広い屋敷には窓がいくつもある。毎日必ず窓を開けて風通しを良くしているため、一つ一つ閉めるのであれば多少時間が掛かる。

今日は官女の数が少ない気がする。

そう思って明琳に尋ねてみれば、どうやら数名に風邪の症状が出ているらしく、賢妃に移してはならないということで休ませているらしい。代理の官女や使用人を呼ぶには危険な時期であることもあり、周囲に護衛の兵を置くだけにしている。

その中に明琳もいた。

彼女をこと細かに調べ上げた結果、彼女は何も知らないことが分かった。

太后の使いに命じられ香を受け取っただけらしい。太后の使いと言われた者も捕らえてはみたものの、身元に間違いはなく末端の使用人ではあった。書類に関しても不正は行われておらず。だが、太后自身が贈り物を届けるよう命じたのかと問われれば、そこは否であった。真相は未《いま》だ分からないままではあるが、玲秋として一つだけ安堵《あんど》したことがあった。明琳が無実であるということだ。

その事実に玲秋はホッとした。

もし仮に彼女が共犯だとすれば、恐らく厳しい詰問を受けることになる。玲秋が過去に聞いた悲痛な彼女の悲鳴を思い出す。あのような声はもう聞きたくない。

門を掛け終えたところで部屋の暖かさを確認する。時期は冬が近づいている。

玲秋が過去から戻って一年が経《た》とうとしている。

（もう一年……）

あの、悲惨なまでに苦しい記憶。
愛《いと》しい珠玉を亡くす哀《かな》しみから一年を経ても、未だに心に残る最期の時。
今度こそは救いたい。
その想いを胸に秘めていたからか、玲秋は気が付かなかった。
足音を殺し背後に忍び寄る人の影を。
そして、突如として与えられた頭部の痛みに、驚く間もなく玲秋はその場に膝をつく。
(何……が……)
ズキズキと痛む揺れに堪えられず意識が朦朧《もうろう》とする。
倒れる時、何処《どこ》かから花梨《かりん》の香りがした。花梨の香り。
官女では普段つけることの出来ない香水をつける者はただ一人。
その者の名を告げるよりも前に玲秋の意識は失われた。

後頭部を強く殴打された玲秋は意識を失った。
指示通りの箇所に衝撃を与えてみたら、本当に意識を失った。
思った通りに事が進んだことに安堵する愁蘭が玲秋を見下ろす。

「ごめんね……玲秋」

申し訳なさそうな顔を見せる官女の表情は、言葉と異なり微笑《ほほえ》んでいた。

これで良《い》い。

玲秋に姿は見られなかった。

彼女に意識がないか再度確認した上で愁蘭は部屋を出る。

まだ指示は全て終わっていない。

全てはこれからなのだから。

愁蘭は三代に亘《わた》り紹家に仕える一族の娘だった。

生まれた頃から紹家に仕えることを当然とする家の中、年が近い充栄とは意気投合もし、誰よりも彼女に近い存在として常に控えていた。

しかし内心は複雑な思いを抱えていたのだ。

(今もこれからも、私は生涯を充栄様のお傍《そば》で仕えて終わるの……?)

充栄は後宮入りした。

当然のように愁蘭も後宮に入り官女として勤めることになった。

本当に良いのかと入る前に充栄に聞かれたが、それに否と答えることなど愁蘭には出来なかった。

一族のため、自身のため。己の全ては充栄のためにある。

後宮の暮らしは嫌なものではなかった。醜い女達の争いには辟易《へきえき》するが、それでも自身の主君である充栄は誰よりも後宮で地位を保有し発言力があったため、愁蘭もそれほど困ることはなかった。

ただ、何かがずっと物足りなかった。

男性は滅多に訪れることもなく、時折顔を見せる皇帝と顔を合わせる程度。それ以外の男性といえば宦官《かんがん》のみで、他に出会う機会はない。

女として生まれたのであれば、美しい姿たる今の間に良き殿方と出会い、伴侶として迎えられたいと……そんな夢のような願望が無いわけではなかった。

更に欲があるとすれば皇帝の目に適《かな》い、自身も妃《きさき》としてくれるのではないか。

そんな期待を抱いていたのはいつからだろうか。

主のお下がりである化粧や衣装を時折装着してみたりした。だが、まるで眼中に入ることはなかった。

恥を捨てて充栄に相談してみたこともあったが。

「そのような想いは捨てなさい」

それだけ伝えられた。

充栄は分かっていたのだ。後宮に入れば二度と男性の元に嫁ぐ機会を失うことへの虚《むな》しさを。だからこそ充栄は後宮入りする前に愁蘭に尋ねたのだ。本当に良いのかと。

分かっていなかったのは愁蘭だった。一族のためだと己の理性で答えて後宮に入っておきながら、こうして己が欲に葛藤することになっているのだから。

それから愁蘭は言われた通り考え方を改めたのだと充栄に伝え、いつもと変わらない日常を過ごしてきた。

何も考えるな。一族のために仕えるのは名誉なこと。

それに何の不満があるというの？

後宮では美味《おい》しい食事も与えられる。寒くひもじい思いをすることもない。美しい物に囲まれた世界。

けど、それでも。「愁蘭」という人間はいない。ただの官女として後宮の中で死んでいく。

そう考えると恐ろしかった。

二度と外に出られない世界の中に取り込まれ消えていく未来が怖かった。

愁蘭の焦燥にいち早く気付いたのは主である充栄ではなく趙昭儀だった。

いつものように勤めのため内務府《ないむふ》に荷物を取りに行く時だった。

「そこにいるのは……愁蘭ではないかしら？」

自身の名を呼ばれたことに驚いた。

呼ばれた先に立っていたのは優雅で美しく、皇帝からも寵愛《ちょうあい》高き趙昭儀だった。

彼女は美しく、常に花のかんばせで微笑んでいる。無邪気とも妖艶ともいえる愛らしい笑みを浮かべながら愁蘭に近付いてきた。

ゆっくりとした、しなやかな足取り。

まるで蜘蛛《くも》の糸に捕らわれた蝶《ちょう》を貪《むさぼ》るような捕食の目。睡蓮《すいれん》のように淡く美しい桃と薄紫の色合いを輝かせる瞳は、けれども獰猛《どうもう》に愁蘭を見据える。蜘蛛とは思えない優雅な足取りが近づき。

そして、愁蘭は喰《く》われたのだ。

紹家に仕える家臣としての誇りを。

幼少の頃から付き従っていた充栄との絆《きずな》を。

残されたものは、愁蘭という一人の欲深い女だけであった。

愁蘭は気を失った玲秋を引きずり移動させる。

建物にいた人の数は覚えている。寒いから充栄の傍で暖を取っていてほしいと伝えてある。

その間に愁蘭は建物の周りに油を掛けていた。なるべく臭いが立たないよう調合された油を趙昭儀からは預かっている。

理由付けをして玲秋には門を全て閉めてもらった。扉の箇所には鍵を取り付け、その鍵を玲秋の服の懐に隠しておいた。

愁蘭は趙昭儀の指示の下《もと》に動いていた。

風が強くなるこの日に、火をつけろ。

蓮花を犯人に仕立て上げろ。

そうして全てを失った賢妃の官女である愁蘭を哀れに思った趙昭儀が便宜を図り都に帰そうと提言する。良い縁談もある。金に困るような生活はさせない。

甘言は今の愁蘭にとって果てしなく甘美であった。欲深い女と化した愁蘭は誘いに乗じた。

冷静な判断ではないと、当の本人は気付かない。

皇帝に一度は目を掛けられた蓮花を羨み妬む思いもあったため、彼女を犯人に仕立て上げることに何ひとつ抵抗はなかった。

玲秋を屋敷の中央に捨て置いた後、愁蘭は付近にあった蠟燭《ろうそく》を手にし、部屋の隅に撒《ま》いた油に火を付けた。

たちまち炎が部屋中に広がり燃え始める。

賢妃達の部屋は建物の中央奥にあり、逃げ出すには扉をいくつか出なければならない。それにも全て鍵をかけた。幸いなことに外に出ようとする者はおらず未だ気付かれない。

蠟燭を投げ捨て、愁蘭は己の手荷物を確かめる。鍵を持っていては犯人と知れてしまうため、玲秋の懐に忍ばせた。運が悪ければ目覚めて扉から逃げ出すかもしれないが、この炎の広がりなら大丈夫だろうと自身に言い聞かせる。

火が回る前に急いで開いている扉から出て行った。ここの鍵だけは外からも施錠出来るため、出てすぐに施錠する。手にしていた鍵は近くの瓶の中に捨てた。

パチパチと燃え上がる炎は周囲を赤く染め上げる。

まるで愁蘭の心を表すように仄暗《ほのぐら》く熱く、火の粉が飛び交っていく。

扉の先にいる君主に対して慕う想《おも》いを抱きながらも、己の欲と天秤《てんびん》にかけて殺《あや》めることに対して罪悪感はあった。

それでも、それでも己の願いを叶《かな》えたかった。

ここは後宮。

皇帝のためだけに愛を捧《ささ》げる女の住まう異質な世界。

時には優劣のために人を陥れることすら当然とする後宮の中では人の死に罪悪を抱くことはないと、愁蘭を唆《そそのか》した美女は囁《ささや》いた。

自身が火の粉に巻き込まれないよう扉を出て走った愁蘭は、緊張から頬がひきつるようにして笑っていた。

だが、飛び出した先で目が合った相手に対し、その表情は瞬く間に恐怖に変わった。

「この女を捕らえよ」

冷淡なまでに静かな声が確かにそう告げた。

ここは男子禁制の聖域。

男子は皇帝しか足を踏み入れることが許されない場所に。

確かに、第三皇子紫釉が立っていたのだった。


夢を見ているのだろうか。

玲秋は頬が、身体《からだ》が焼けるような熱さを感じながら未《いま》だ意識を目覚めさせることができずにいた。

それでもぼんやりと夢から目覚めるような感覚で現実に引き戻される。

彼女が目覚めて見たものは炎だった。

美しく装飾された建物の飾りは全て燃え盛り、美しさは跡形もなく消え去っていた。

目が覚めれば周囲の音もはっきりと聞こえてくる。

それは叫び声だった。

数人もの助けを呼ぶ声。玲秋は慌てて起き上がる。

すると頭部にひどい痛みが走る。何者かに殴られた記憶だけはあったため、そのせいだと分かる。

痛みを堪え、玲秋は叫び声があがる方向に顔を向けた。

「小主！」

叫び声は紹賢妃の寝室からだった。彼女が部屋で少ない官女達と歓談をしていたことを思い出す。彼女達はまだ此処《ここ》に居るのだ。

扉を開けようと思えば鍵が掛かっていた。何故《なぜ》、と思うまでもなく扉を強く叩《たた》き開けようにも開かない。

もう一度叩こうと思ったところで、自身の懐に何かが入っている感触があった。

慌てて取り出してみればそれは鍵だった。

目覚める前には持っていなかった鍵に何故という思いもあったが、それよりも先に閉ざされた扉に向けていくつか鍵を試す。緊張して手は震えていたが扉は問題なく開いた。

「蓮花！」

第一に出てきたのは官女の一人だった。残りの一人は賢妃を抱いて扉の前に立っていた。

悲痛と恐怖を滲《にじ》ませた表情を浮かべた三人を見る。

「急いで逃げましょう！」

「でも、どうやって……」

周囲は火に囲まれている。風の強さも相まって火の回りが速かったのだ。轟々《ごうごう》と音を立てて燃える炎の中に入ることは無謀であると誰もが分かった。

「……こちらへ！」

玲秋はまだ火が少ない扉の前に立ち、手に持っていた鍵をいくつか調べて開ける。風向きから火がまだ辿《たど》り着いていない方向にひたすら向かうしかない。

途中、飾ってある花瓶の水を官女達に掛けた。少しでも火の脅威から逃げるため必死だった。それでも火の手はじわりじわりと四人を追い詰める。

眠っている間に鍵を持たされていたことが幸いした。考えるに、玲秋を犯人に仕立て上げるために置いて行ったのだろう。鍵はそれが幸いしたのだが、少しでも目覚めるのが遅ければ今頃全員燃える炎に閉じ込められていた。

「……こっちです！」

出口など分からない。火は燃え上がり行く手を阻む。どうにか、少しでも火の少ない先に逃げるしかなかった。

しかし最後に辿り着いた先の扉は外側から鍵が掛けられ、開けることが出来なかった。

この扉一つ開けば外に出られるというのに！

炎は玲秋達が居る部屋にまで辿り着き、天井が抜け落ち床までも燃やす。

官女達の悲鳴が響く。

燃え盛る炎は四人を瞬く間に燃やすことが出来るだろう。

熱気と煙が襲い掛かる。

あまりの熱さに涙すら蒸発してしまう。
(怖い……)
玲秋は恐怖に震えた。
生き埋めにされて殺された時よりも、その炎の惨《むご》たらしさに恐怖した。
恐怖を払拭し、扉を壊す勢いはもうなかった。
息苦しさから誰もがその場に崩れ落ち、それは玲秋も同様だった。
(死ぬの?)
珠玉を守れなかった。
賢妃も守れなかった。
過去に戻り、全ての災いを無くすために誓った思いも何もかも。
この場で果ててしまうというのか。
(紫釉様)
後悔を思えば、それは何故か紫釉の事ばかり思い出した。
紫釉皇子。互いに過去から戻ってきた特別な御方。
彼を置いて死ぬことに申し訳なさを抱く。
同時に思う。
また、置いていくのかと。

（また……？）

自身の思考が分からない。

果てしない焦燥感と悲しみ。置いていくこと、置いて死ぬことへの恐怖。

天井にまで届いた炎が雨のように降り注ぐ。チリチリと焦げ臭い臭いが近づき、女達を飲み込もうと忍び寄る。

霞《かす》む意識の中で思う。

せめて今度ぐらいは彼と共に在りたかった。

紫釉を再び悲しませることしか出来ないことが悲しかった。

（何を……考えているの？）

記憶が混濁している。

見たこともない光景が脳裏によぎる。

人は死を直前にすると過去を思い出すという。

けれど、この記憶は何だろう。

見知らぬ小さな屋敷《やしき》で、穏やかに微笑《ほほえ》む紫釉の笑顔が浮かぶ。

その姿は今よりも年を重ねており、青年らしい面立ちをしていた。

今と変わらない紫の瞳が玲秋を見つめる。

玲秋は、その笑顔が好きだった。

幸せなことなど何一つ訪れない孤独の檻《おり》の中で、唯一《ただひと》つの幸いが紫釉との会話だった頃の記憶が蘇《よみがえ》る。

（ああ……そうだ……）

全てを思い出した時、施錠されていた扉が激しい音と共に開いた。

空気の流れが変わり、一度怯《ひる》んだ炎は新たな空気を取り込み大きな音を立てて勢いを増す。

「玲秋！」

愛おしい人の呼びかけに玲秋の意識が僅かに浮上する。

駆け付け、玲秋を抱き上げた男は間違いなく紫釉だった。

朧《おぼろ》げに思い出した記憶の中の彼よりも少し若い紫釉の顔。

けれど間違いなく、彼は玲秋の愛した人。

「紫釉……様……」

伸ばした手が紫釉に届く前に玲秋は意識を手放した。

そうして思い出す。

哀れな末路を迎えた、一度目の人生を。

それは、徐玲秋にとって一度目の人生のことだ。

彼女は変わらず敬愛する珠玉の元に通っていた。

いつもと変わらない日常。華やかな後宮とは無縁な暮らし。

自分に仕える官女も使用人もいないが、それでも幼い珠玉と共に過ごす日々が幸せだった。

ただ、王権の雲行きは常に怪しく後宮にいても外の悪い噂《うわさ》は耳に入っていた。

後宮の寵姫《ちょうき》に溺れ乱れた徐欣は政事を蔑《ないがし》ろにしていた。

唯一皇帝に厳しくも優しく声を掛けてくれていた賢妃、充栄を火事で亡くしてから一層皇帝は荒れていった。

充栄が亡くなったのは皇帝の子を身籠ってしばらくした頃だった。

風の強い日、賢妃の暮らす建物が業火によって燃えた。

いち早く発見したのが玲秋だった。玲秋は、珠玉の元から自身の屋敷に戻ろうとしていたところだった。

不思議なことに日頃は護衛しているはずの見張りもおらず、玲秋は炎を確認して急いで声を張り上げ人を呼んだ。

だが、全ては遅かった。

炎が消えた後、少ない官女と共に賢妃らしき女性の遺体が発見されたのだ。

後宮は瞬く間に暗闇に包まれた。

未来の皇帝候補となるかもしれない賢妃の御子と賢妃を失ったことにより、後宮内は趙貴妃が掌握した。

皇帝から豪華な贈り物を貰《もら》い、食べきれないほどの食事を毎日のように食卓へ並べ、食べ尽くさずに捨てるような日々を繰り返していたという。

そのような日々が長く続くはずもなく、その翌年に大きな反乱が起きた。

首謀者は賢妃の弟である紹大将軍だった。

彼は後宮にいた皇帝徐欣と趙貴妃を惨たらしいまでに刺殺し、その生首を凰柳城《おうりゅうじょう》の門に投げつけた。

第一皇子である巽壽が討伐するため兵を挙げたが、これもすぐに滅ぼされた。

血に濡《ぬ》れた玉座に君臨した大将軍紹劉偉は、第三皇子紫釉の後見人として政権を代理で務めると宣誓した。

その時玲秋は二十歳を越えた頃だった。

五つを前にした珠玉は聡明《そうめい》で、自身の置かれた立場をよく理解していた。父と兄が殺されたことを朧げながらもしっかりと覚えており、我儘《わがまま》を口にすることも減っていた。

寂れた広い屋敷に閉じ込められるようになった珠玉の元に玲秋も官女のような扱いで共

に暮らしていた。

多くの妃《きさき》達は劉偉により殺されたが、紹賢妃の火事を真っ先に報《しら》せ、助けようとした玲秋に恩情が掛けられたのだ。珠玉の後見人として郊外の小さな屋敷に押し込められた。

それでも珠玉と共に在るのであれば玲秋には幸いだった。

政権は遠くからでも乱れていることが噂されていた。

劉偉の残虐な行為により乱れた国は治まりを知らない。未《いま》だ血が流れることは止まらないと聞く。

時折様子を見に劉偉が屋敷に訪れることがあった。

「様子はどうだ」

「…………特に問題はございません」

玲秋は劉偉が怖かった。

反乱を起こし、妃達を殺す劉偉の姿を玲秋は目の当たりにしていたからだ。

血に染まり、何の情も抱かず家畜を捌《さば》くような様子で女達を殺《あや》めていた劉偉の姿。

彼の赤い瞳と目を合わせる度、次はお前だと言われているようで恐ろしかった。

「……珠玉姫を高州《こうしゅう》に預ける話も出ているが、其方《そなた》はどうする」

「どう、とは……」

「高州の預かりとなれば其方と別れることになろう。其方には帰る場所があるか？」

「帰る場所……」

考えても玲秋に帰る場所は思い浮かばなかった。

売られるような形で後宮に送られた玲秋は、戻ったところで厄介者扱いをされるだけだろう。

黙っている玲秋に対し、何処《どこ》か気まずい表情を浮かべる劉偉は言葉を選んでいるように見えた。

自身の言葉が彼女を困らせていることを分かっていた。

しかし、他に続けられる言葉が見つからない。

自身のところに嫁に来るかなど言おうものならば、その澄んだ瞳が怯《おび》えることが目に見えて分かるからだ。

姉である充栄の死を悼み涙した数少ない妃、玲秋。

復讐《ふくしゅう》に染まり皇帝を弑《しい》した劉偉に残された感情は虚無であった。

事務処理を進めるように淡々と政を片付けている間、幼子の珠玉と姉を助けようとした玲秋だけは殺さなかった。

姉の死に纏《まつ》わる手がかりはほとんどなく、証言出来る者が玲秋ぐらいしかいなかった。

初めこそ警戒していた玲秋と話す度、劉偉は心が凪《な》いでいることに気が付いた。

ひたすらに珠玉を愛し守る母のような、姉のような慈愛。

姉を亡くした劉偉に対する憐憫《れんびん》の情。

他の者であれば不快に思うような感情や視線が玲秋には一切感じなかった。

しかし、劉偉は己が素直に玲秋に対しそのような想《おも》いを抱くなど認めることが出来ないし、言葉にすることなど出来ない。

劉偉は数多くの者を殺した。

中には玲秋の知人や友人らしい女も殺した。

玲秋とて殺しても良いと思っていた。

ただ、姉の事を知りたいがために生かしておいただけに過ぎなかった。

だからこそ言えない。

貴女《あなた》に惹《ひ》かれているなどと、言葉に出来るはずもなく。

そして、そのような感情を抱く劉偉に気付くはずもない玲秋とこうして気まずい空気が流れる時間を過ごしていった。


それから少し月日が流れた頃。

玲秋は一人の男性に出会った。

それこそが、第三皇子紫釉であった。

珠玉を高州に引き受けてもらう手続きが進められる最中、唯一の兄となった第三皇子紫釉が玲秋と珠玉の居る辺境の屋敷に訪れた。

劉偉による襲撃が行われた後、紫釉とて皇帝の息子であったため殺される覚悟を抱いていたが、皇帝の血を途絶えさせては皇帝派である一族に反感を買うことを懸念した劉偉により、唯一中立で聡明であった紫釉を次期皇帝とすることを定め、彼自身は紫釉の後見人の地位に落ち着いていた。

しかしあくまで立場上の話であり、実際のところ政権は劉偉に掌握されていた。

当時の紫釉はお飾りの皇帝となる予定だった。

皇帝に就任するには未だ内乱が続くため、紫釉も望んで皇帝の地位に就かずに今は空席の玉座とさせた。

当時の紫釉は皇帝の地位に何一つ関心を持たなかった。

母は魏《ぎ》の国の公主で、皇帝が弑された時もいち早く汪国を見限った。紫釉の母は国の都合で嫁いだだけであり、夫である徐欣を忌み嫌っていたため、早々に劉偉に対し頭を下げ降伏の姿勢を見せたのだ。

だが、残された紫釉は違う。

彼は魏の国の血を引くが汪国の皇子である。

母とあっけなく別れ、劉偉の元で大人しく過ごすだけであった。

そんなある時のこと。

幼い妹に公主という身分を放棄させ高州に戻す話が出ていると聞いた。

数回しか会ったことのない妹の名を聞き、紫釉は興味を抱いた。

血縁者などとうに全て死に無縁のものだと思っていた紫釉にとって関心を抱くには充分だった。

せめて別れる前に顔を見に行こう。

それが全ての始まりだった。

珠玉が住むという質素な屋敷《やしき》に訪れてみれば笑い声が聞こえてきた。

騒動に巻き込まれ悲惨な生き方をしているだろうと思っていた紫釉は、その笑い声に驚いた。

小さな子供の高い声と、それに重ねて笑う女性の声。

紫釉はゆっくりその先に向かう。

寂れた庭先で、まず走りまわる幼い少女が目に入った。

日の光に照らされてほのかに茶色い髪がキラキラと輝いて見えた。

そして走る少女を捕まえたとばかりに抱き締める女性の姿。

官女のような服装だった。決して美しさを誇るような格好でもない。

化粧すらろくにしていないだろう。

けれど、女性は美しかった。

満面の笑みを浮かべて珠玉を抱き締める。

愛《いと》しさに溢《あふ》れた様子は、時折ほんの少し寂しそうに笑っている。

紫釉は彼女から目を離せなかった。

煩《うるさ》いほど高鳴る心臓の音。血流がドクドクと大きく脈打つ。

笑顔が美しい女なら飽きるほど見てきた。次期皇帝と定められた紫釉の元に、許嫁《いいなずけ》を迎えるべきだと数多くの女を寄越されてきた。

彼女より美しい女性、着飾った女性、艶《あで》やかな髪や肌をした女性など数多くいた。

だというのに。

紫釉はその瞬間から目の前の女性、玲秋に惹かれたのだ。

人はそれを初恋と呼ぶのだと、思い知らされたのは後の事。

紫釉は初めて女性を好きになった。

どれだけ棒立ちしていたのだろう。珠玉と遊んでいた玲秋が、少し離れた先に立つ人影に気が付き身を硬直させた。

日頃訪問者などいない屋敷に現れた男性に驚き慌てて膝を突き平伏する。

明らかに高貴な身分であることが分かる衣装を着た男性に失礼がないようその場で挨拶

を交わす。

隣で見ていた珠玉も玲秋を真似《まね》して頭を下げようとしていたため、紫釉が慌てて声をあげる。

「顔をあげてくれ」

もっと言うのならばその顔を、瞳を自分に向けてほしい。

そんな欲まで胸に秘めながら伝えれば、玲秋は幾分か躊躇《ちゅうちょ》してからゆっくりと顔を上げた。

澄んだ眼差《まなざ》し、物憂げに見つめられれば頬に熱が籠るのが分かった。

言葉を紡いでほしくて、その唇からどのような声が発せられるのか知りたくて。

「名は何と申す？」

紫釉はあえて尋ねた。

恐らく彼女が徐倢伃《しょうよ》であることは分かっている。それでも彼女の声を聞きたくて尋ねたのだ。

すると彼女の薄桃色をした唇が開き。

「徐玲秋と申します」

そう、答えた。

紫釉の予想していた通り、とても優しく涼やかな声色だった。

玲秋に会いたい。

それだけの感情で、紫釉は妹の様子を見るということを建前に何度となく屋敷に訪れた。

何度となく会えば、妹である珠玉も可愛《かわい》らしく愛おしかった。

兄だと告げ何度か話をした。緊張していた様子だった珠玉も次第に打ち解けてくれた。

それでも珠玉にとって玲秋が最も安心できる存在であることは何も変わらなかった。

屋敷に訪れればいつでも見られる夢の景色。愛らしい二人が語り、微笑《ほほえ》み合う光景。

理想郷とも呼べるべき場所は此処《ここ》ではないのかとさえ、思う。

紫釉の立場を理解した玲秋も、最初こそ畏《かしこ》まり目を合わせることも難しかった。

しかし紫釉はどうしても見つめて欲しかった。澄んだ瞳で見つめてもらいたいと乞い願い、氷をゆっくりと解かすように玲秋の心を解かした。

そうすれば凍っていた心はいつしか春の風と共に水と変わり、玲秋の瞳はまっすぐに紫釉を見つめた。

幸せだった。

紫釉にとって幸せな日々だった。

紫釉が熱を帯びた眼《め》で玲秋を見つめていれば、次第に彼女からも同じような眼差しを向けられていると理解した時は、息苦しいほどに抱き締めた。

言葉にして約束は出来ないが、いつか必ず玲秋を妻に迎えることを望んでいた。

名ばかりの皇帝の地位に就いたとしても、皇帝派の派閥が落ち着きさえすれば劉偉が皇帝の権威を持って構わない。血の繋がりが欲しいのであれば直系の人間は他にもいる。

初めての恋に、愛に浮かされた紫釉は愚かにも気付かなかった。

己の考えの甘さを。

それから迎える絶望の年月を。

何度となく繰り返される紫釉との時間は甘く、玲秋はいつしか屋敷に訪れる人を待つようになった。

古びた正門から現れ、玲秋の名を呼ぶ青年を日々待ち望んでいる自分の気持ちに気付いたのは何時の事だろう。

あからさまに喜んでいたのか、ある日珠玉が何気なく「玲秋は紫釉兄さまがいるとうれしそう」と言ってくるものだから、玲秋は赤らんだ顔を抑えるのに必死だった。

それだけ露骨だっただろうか……

本来なら、そのような感情を抱くような立場ではないことは重々承知している。

相手は皇帝となる身。話に聞く限り飾りのような皇帝だと言われても、その立場が違えることはない。

それに比べ、玲秋の立場は何だというのか。

故郷にも帰れず、珠玉の世話をしている官女のような己を顧みる。

手続きなどで時間を要したものの、珠玉は次の季節を終える頃に高州へ引き取られることが決まっている。

珠玉の事を考えれば玲秋も高州に向かうべきだろう。

その時、恐らく玲秋は使用人という立場に変わる。

珠玉と毎日のように傍《そば》に居られることもないかもしれないと漠然と思っていた。

そのような立場の玲秋が、紫釉と会話を交わし彼の姿を待ちわびることがどうかしているのだ。

けれど、玲秋とて自惚《うぬぼ》れてしまうような時がある。

紫釉から向けられる熱の籠った視線。

玲秋と、名を呼ばれる度に胸が弾む理由。

ふとした瞬間に触れられる指先から紫釉の感情が伝わってくる。

その感情に名をつけるのであれば……それは恋なのではないか。

そんな、自惚れを抱いてしまう。

自惚れのままでも構わない。

世界が全て色褪《いろあ》せ、珠玉との日々だけが喜びだった玲秋の中で新たな色で世界を描いてくれるのであればそれで十分だと。

それだけで良《い》い。

これ以上の欲など必要ない。

自身に言い聞かせながら、それでも会いに訪れる紫釉の姿が見える度に心が歓喜に満《み》ち溢れる。

玲秋はこの時確かに、紫釉に対し恋心を抱いていた。


「……………近頃、紫釉様が訪れていると聞いているが」

久し振りに訪れた劉偉の表情は何処《どこ》か疲れているように見えた。しかし、玲秋は尋ねられた言葉に意識が向いてしまい劉偉の体調を気遣う余裕は生まれなかった。

「は、はい……公主のご様子を見に来て下さいます。とても、良くして頂いております」

「……そうか」

玲秋は気が付かない。

彼女が日頃見せる、劉偉に対する畏怖した表情が紫釉の名を呼んだことにより緩和し、それどころか微《かす》かに笑みを浮かべていることなど。

未《いま》だ一度たりとも向けられたことのない玲秋の表情に劉偉の胸は痛んだ。

暗雲とした感情が胸の内に漂っているのが分かる。

これは嫉妬だ。

想《おも》いを打ち明けるつもりなど毛頭ない。その資格が己には無いと理解していた。

それでもこうして顔を覗《のぞ》かせ、敵しか存在しない王朝の殺伐とした気分を和ませていた劉偉にとって今の玲秋の表情は何よりも胸に刺さった。

しかも相手が紫釉だとすれば殊更納得は出来なかった。

彼は皇帝徐欣の息子だ。玲秋は身分を剝奪されたとはいえ、元は彼の父の妻だ。

（…………不快だ）

劉偉の心情は失恋の苦しみよりも、その一言に表れていた。

潔癖とさえ思えるような不快な感情。

高潔な姉は徐欣の妻となり不幸な死を遂げた。

あの男の息子ではあるものの、中立で公正な目を持つがために徐欣と共に処罰することはしなかった。

だが、実際はどうだ。

父と同じように。否、それ以上かもしれない。父親の妻に手を出すというのだから。

紫釉を皇帝にしても良いのだろうか……？

そんな疑問を抱いたが、すぐに否定した。

もう間もなく紫釉を皇帝とする即位の儀が行われようとしているのだ。今、皇帝の座が空席となっては余計な反感を呼ぶ。

ただでさえ、今は内乱も多く劉偉に対し謀反を企てる声も上がっていることを知っている。

武力で統率した劉偉に未だ敵は多かった。皇帝を弑《しい》するまでは協力者であったはずの者も今では敵となっている事もある。

その最中で余計な反乱の種を蒔《ま》けば、己に全て返ってくることは必至。

だとすれば。

（早々に玲秋を離すしかないか）

どのみち彼女は珠玉と共に高州に迎えてもらう予定だった。

その時期を早めたところで何もおかしいことはない。

（そうとなれば急いで手配しなければ）

内乱により混乱した状態で高州に送る手続きを進めてしまえば、それが高州と結託するように見えることもあり、汪国内では他国と劉偉が干渉することを厭《いと》う者も多いため後回しにしていたが、それを無理に進めても良いかもしれないと劉偉は思う。

決定は、些細《ささい》な感情だった。

仄《ほの》かに惹《ひ》かれた女性が別の男性に向ける視線に嫉妬し。

その相手が、己の嫌悪する男の息子だった。

人によっては大いに影響ある理由と思う者もいるだろう。

或《あ》るいは国の中心に立つ者が何を些末《さまつ》な感情で左右されているのだと憤慨するだろう。

分かっていることは。

この早計な判断こそが、劉偉の死期を早めた。


高州へ向かう日取りが決まった。

珠玉は亡き母の故郷に不安はありながらも、寂しい生活を終えることには喜びを感じているらしく、早く行きたいねと玲秋に話す。

珠玉の言葉に複雑ながらも笑みを浮かべる玲秋の心は重かった。

高州へ向かう日はつまり、紫釉との永遠の別れを意味しているのだ。

相手は汪国の皇帝。自身は珠玉に仕える官女に変わるだろう。

元々立場が違いすぎる紫釉に対し、寂しいなんて思う自分の考えが間違っている。

それでも慕う思いは簡単に払拭できるはずもなく、玲秋は出発の日が近づくにつれ表情を暗くしていった。

その頃、玲秋の愛する珠玉は七つを目前としていた。

寂れた場所ではあるが高州に向かうことが決定してから教師を付けられ、教養を得ることも出来た彼女は実に聡明《そうめい》だった。

そして、珠玉もまた愛する玲秋の悲しい顔を見逃さないはずもなかった。

玲秋は珠玉にとっていつだって優しい母のような存在。いつだってその眼差《まなざ》しは珠玉に向いてくれている。

けれど、時折物寂しそうに入口を見つめている。

誰かの訪れを、ずっとずっと待っている。

この地に訪れる者なんて限られている。

父を殺した紹劉偉将軍か、兄である紫釉だった。

どちらを待ち望んでいるかと問われれば即答して兄と答えるだろう。

珠玉の目にも分かるぐらい、二人は仲が良かった。

けれど珠玉はまだ六つで、誰よりも寂しい暮らしをしてきた。皇帝の娘でありながら父からの寵愛《ちょうあい》は何一つないまま後宮で暮らし、ようやく自我を覚える頃には辺鄙《へんぴ》な地に送られていた。

それでも生まれた時から慕う玲秋がいれば何も怖くなかった。

玲秋は珠玉にとっての母。限りない愛情を注いでくれる大切な人。

その玲秋が、珠玉の知らない表情で入口を見つめている。

それが、とても寂しかった。

せめて関心をこちらに向けたくて、もっと好きになってもらいたくて、珠玉は一つ考えが思い浮かんだ。

数日に一度教師が訪れる日、何とはなしに珠玉は教師に尋ねた。

「玲秋に何かを贈りたいのだけれど、何がいいかしら」

教師の女性は笑みを浮かべながら「素晴らしいお考えです」と褒めてくれた。この女性はいつも褒めてくれるので珠玉も好きだった。

「でしたら菓子などいかがでしょう？　私でよろしければ都で人気の饅頭《まんとう》をお持ち致しますよ。そちらに文を添えて贈られるのはどうです？」

「素敵ね。そうするわ」

無邪気に珠玉は笑う。

文を贈ろう。いつも言葉で伝えるばかりで、文字にして伝えるなんて考えたこともなかった。

貴重な紙を使いゆっくりと筆を進める。

『だいすきな玲秋。ずっといっしょにいてね』

まだ幼い少女によるひたむきな文だ。

別の日、訪れた教師は可愛《かわい》らしい布包に入った饅頭を持ってきてくれた。

それとは別に紙包された同じ饅頭を一つ貰《もら》ったがとても美味《おい》しかった。

玲秋は甘い物が好き。

きっとこの饅頭も喜んでくれる。

その日、教師との勉強を終えると珠玉は包を持ってすぐに玲秋の元へ向かった。

荷造りの準備をしていた玲秋は、珠玉から贈られた饅頭と文を見て大層驚いた。

遠慮がちに文を手にし、中を読む。

読み終えると玲秋の眦《まなじり》に涙が浮かんでいた。

「公主……ありがとうございます」

そうして優しく抱き締めてくれた。

珠玉はこの温《ぬく》もりが大好きだ。

「饅頭も美味しかったのよ。食べてみて！」

「ふふ……ありがとうございます」

包を開けて、玲秋は饅頭を頬張る。

「美味しいです」

「でしょう！」

「公主も召し上がりますか？」

　贈り物だというのに玲秋は優しいことを言ってくれる。

　どうしようかと悩んでいる間に一つ食べ終えた玲秋は包に入っていた二つ目の饅頭を珠玉に差し出した。

　嬉《うれ》しさのあまりに珠玉は手に取り頬張る。やはり美味しい。

「美味しいですね。もう一ついかがです？」

「いいの？」

　食い意地が張ってるようで恥ずかしいが、珠玉は嬉しそうに玲秋を見上げる。

　玲秋は最後の一つである饅頭を手に取り、それを珠玉へと渡そうとしたが饅頭はそのまま手から零《こぼ》れ落ち、床に落ちていった。

「玲秋、落ちちゃった……」

　転げ落ちた饅頭を見つめていた珠玉が玲秋に視線を向ければ。

　玲秋の口元から血が滴っていた。

　鮮やかな赤色。

　青ざめた顔は怖いほど白い。

「れい……」

慕う彼女の名を呼ぼうとした珠玉もまた、喉が焼けるように熱くなり、こみ上げてくる何かに思わず口元を押さえた。

口から溢《あふ》れてくる何かはひどく鉄臭かった。

自分では何も感じないのに、手がみるみると赤く染まることから、珠玉は自分が血を吐いているのだと分かった。

隣で立っていた玲秋が崩れ落ち、その場で倒れた。

口元は真っ赤に染まり、瞳は閉じていた。

珠玉は駆け寄りたかった。

だって、大好きな玲秋が倒れたのだ。

「大丈夫？」と声をかけ、誰か人を呼んで、助けを呼びたかった。

けれど、言葉を発することが出来ない。

苦しみで息すらもできない。

一瞬にして視界がぐらついた。

でも、それでも。

珠玉は必死で手を伸ばして玲秋にしがみ付いた。

「れいしゅ……」

大切な玲秋。

大好きなおかあさん。

無意識だと分かっていても、珠玉は玲秋に寄り添いその場に倒れた。

もう意識などない。

それでも傍《そば》に玲秋が居てくれる。

贈られた文が風に吹かれ、寂しく空に舞う。

『だいすきな玲秋。ずっといっしょにいてね』

その願いは、叶《かな》ったのだ。


氷の如く冷たくなった二人の遺体を眺めていた紫釉には一切の感情がなかった。

怒りも悲しみも全てを置き去りにし、ただ茫然《ぼうぜん》と二人を見つめていた。

吐血した跡は全て拭われていた。死装束を着た玲秋と珠玉の瞳は永遠に閉じて開くことはない。

二人は寄り添うように屋敷《やしき》で倒れていたらしい。

原因とされる菓子が誰により運ばれてきたものなのか、屋敷に人の数が少ないため目撃した者はおらず、分からなかった。

劉偉は屋敷に関わった全ての者を処刑したという。

使用人も、定期的に訪れていた教師や行商人も全てを殺した。

猟奇的なまでに恐ろしい劉偉の行動に、皆が恐れた。

血に塗れた汪国と呼ばれるまでに荒《すさ》んだ。

高州の者の手口による噂《うわさ》が立てば高州を攻めた。

王宮内の官吏が企てたと言われれば一族ごと滅ぼした。

明らかに劉偉は壊れていた。

己を責めるように、他者を責めた。

彼は死を悼むより人を憎むことを優先したのだ。彼の真意を理解できたのは紫釉だけだった。

何故《なぜ》、劉偉があれほどに怒り狂い人を家畜以下に扱い殺すのか、紫釉には手に取るように分かる。

愛していたからだ。

愛していた人を奪われた憎しみを、何処《どこ》かにぶつけたくて止まらないのだ。

かつて劉偉は姉が殺されたことにより血の粛清を見せた。今も同じなのだ。

彼は、玲秋を愛していたのだ。

彼の口から直接聞いたことはないが、一度だけ彼から不可思議な言葉を囁《ささや》かれたことがあった。

『貴殿が羨ましい』と。

どういう意味なのかと尋ねる前に、彼は家臣の反逆により暗殺されてしまった。

血生臭い歴史の中に紫釉だけがたった一人残されたのだ。

人形のように王位を手にした紫釉は、誰一人いない広い部屋の中で小刀を抜いた。

紫釉には生きる目的が何も見つからなかった。

まるで壊れた人形のように日々息をしているだけで、玲秋が亡くなった日から紫釉の心は死んでいた。

何故、自分は生きているのだろうか。

そう思ったら小刀を抜き、今から後を追うべきではないのかと思い至ったのだ。

玲秋に直接愛情を伝えたことはなかったが。それでも言葉の端々から、触れ合う空気から想《おも》いが伝わり、そして想い返してくれていることは知っていた。

紫釉が門から出て帰る時、必ず見送る玲秋の手に触れ口づけていた。

いつか、その唇に触れられる時が来ることを願っていた。

しかし願いは叶わなかった。

首筋に小刀を据える。

血が滲《にじ》むが不思議なことに痛みは一切感じなかった。

力を込めて勢いを付けようとした時。

紫釉の耳に誰かが囁いたのだ。

それは、人の声とは思えぬ奏楽のような声。女性かと思えば男性のようにも聞き取れる不可思議な音質。

言葉として紡がれているのかも分からない囁きが紫釉に語り掛けたのだ。

『血に塗れた大地を元に戻せ』と。

王族の血を引く紫釉であれば可能であると、奏でる声は伝えるのだ。

紫釉は自身の気が触れて、幻聴を聞き出しているのではないかと思った。しかし違った。

声は明確に紫釉に問うのだ。まるで天の声が如《ごと》く。

(天……西王母《せいおうぼ》とでも仰《おっしゃ》るのか)

声の主に心の中で問う。すれば代わりとばかりに鈴の音色が耳に響いた。

それは、肯定の印。

祭祀《さいし》において西王母へ祈りを捧《ささ》げる折、鈴の音色は天の声であるとされていた。それは幼い頃より儀式を叩《たた》き込まれてきた紫釉には当然の知識であった。

だとすれば今、紫釉に命じるのは天の指示なのだ。

しかし紫釉は首を横に振った。

今更世を是正したところで紫釉には何の利もないのだ。

元々皇帝になるつもりもなかった。兄が継げばよいものであり、自身は慎《つつ》ましく生きていければ十分だった。唯一の欲が玲秋という女性に恋焦がれただけの生き方だったのだ。

今更、国を治めることに意欲などあるはずもない。

しかし、声は続ける。

『時を戻し、全てを改めよ』

その囁きに紫釉は手に持っていた刀を僅かに外した。

時を戻す。

「……玲秋が死なないの、か？」

声にならぬ声が『是』と伝う。

ならば紫釉の行動は一つ。刀をその場に落とし、姿なき声に応える。

「応じよう」

玲秋が取り戻せるのであれば、幾らでもやり直してみせる。

そう願いを込めた言葉を発した時。

世界は暗転した。

紫釉が目覚めた時、十四の年齢に戻っていた。

まだ若く幼さを残す身体《からだ》を眺め、あの願いが届いたのだと理解した。

紫釉は急いで後宮を調べてみれば、竹簡の中から皇帝の妻に玲秋の名を見つけた。

竹簡に雫《しずく》が落ちる。一つ、二つと雨のようにぽたりと落ちた。

己が泣いていることに気付いたのは暫《しばら》くしてからだった。

蘇《よみがえ》ったものは玲秋だけではなく、紫釉の感情も同様だった。

（玲秋……！）

今度は違えない。

何事も静観していた自身を悔い、今度は行動に移すと誓う。

早々に劉偉と懇意の関係を結び、過去にあった出来事を参考に対策を講じれば瞬く間に紫釉は期待の皇子と呼ばれた。

ただ、時を変えることにより想定外の事件が起きた。

紫釉を庇《かば》い玲秋が傷を負ったのだ。

その事変は紫釉の心を大きく苦しめる出来事だった。

祭事ならば玲秋に会えるかもしれないと仄《ほの》かな期待を抱いてしまったのがいけなかった。

素知らぬ態度で離れていればよかったのに。

玲秋はどこまでも優しく、紫釉は更に彼女が愛おしくなるばかりだった。

会えない想いを隠し珠玉の様子を文にしたため、少しでも彼女と繫《つな》がろうとする愚かな自身を止める術がなかった。

一度は亡くしてしまった想い人は、まっさらな状態で紫釉と対面した。

一度目の時、あの辺境の屋敷で出会った玲秋はもういない。

それはひどく物寂しい想いを紫釉にさせたが、それでも構わない。

玲秋が生きているのだから。

そう、思っていたのに。

紫釉は、再度玲秋を喪《うしな》った。

皇帝に即位して間もなく、玲秋が劉偉により殺されたのだ。

父の墓で珠玉と共に眠る彼女を見た時、一度目に亡くした玲秋を思い出した。

また喪ったことへの絶望が紫釉を襲い責める。

神は血に塗れた大地を元に戻せと紫釉に伝えた。

二度目の世界で紫釉は実現しようとしたが、止めた。

玲秋がいない世のどこに平穏があるというのか。

むしろ、残虐なまでに人を殺《あや》める法を定めた。

まるで一度目の劉偉のように。

気が触れたのだと叫ばれようと紫釉は気にしなかった。

玲秋がいないのだ。
玲秋がいない世を、改めて何になる。
神はそこまで察していたのだろうか。
最後の機会とばかりに、もう一度蘇ることに至った。
恐らくこれが最後だと紫釉は感じていた。
そして最後の奇跡とばかりに。
玲秋もまた、過去の記憶を保有して蘇っていたのだった。

玲秋は夢を見ていた。
寂れた門で、誰かをずっと見送っている夢だった。
馬に跨《またが》り去る男性の背中が見えなくなるまで、ただずっと見つめていた。
別れたその瞬間から、次に会える時はいつだろうと胸に思う。
そうしていると馬に乗った男が遠くから振り返る。
表情すら見えないほど遠い場所から、玲秋を見つめる彼こそ。
玲秋の恋した人だ。

「…………目が覚めたか？」

夢うつつの中から覚醒し、ゆっくりと瞼《まぶた》を開けた玲秋に声が掛かる。

玲秋はまだ夢を見ているのかと思った。

その声が、夢に見ていた紫釉の声と同じだったからだ。

「……紫釉様？」

夢ではなかった。彼は玲秋の横たわる寝台の傍《そば》から玲秋の顔を覗《のぞ》いていた。

彼が手に触れているのは紛れもなく玲秋の手で、愛おしそうに握り締めている紫釉の眦《まなじり》には涙の痕があった。どれほど憔悴《しょうすい》したのだろうか、目元は陰り顔色も青かった。

「…………良かった……っ」

玲秋の声を聞くと紫釉は強く瞳を閉じ、まるで神に祈るように頭を下げて玲秋に身を寄せた。

「また……其方《そなた》を喪ってしまうのかと思った……」

「紫釉様」

「無事でよかった…………！」

紫釉の心から吐き出される安堵《あんど》の言葉に玲秋の眦が熱くなる。

彼は二度も玲秋を喪ったのだ。

一度目の記憶が鮮明に蘇る。

紫釉の訪れをひたすらに待ち望んでいた日々。会えては喜び、別れては去り行く背中を名残惜しく見つめていた日々。

想いを言葉にして伝えることはなかった。けれども知っていた。

彼の目が、握られる手の温《ぬく》もりが全てを伝えてくれていた。

同時に玲秋の想いも伝わればよいと、幾度となく願った。

言葉にすることが出来ない。けれど、それでも知って欲しかった。

「紫釉様…………！」

何故《なぜ》忘れていたのだろう。

一度目に過去に戻った時、玲秋は全てを忘れていた。

忘れていた筈《はず》だった。

それでも思う。

誰よりも守りたいと思った人だった。だからこそ、紫釉が暗殺されそうになった時、玲秋は身を挺《てい》して守ることが出来た。

記憶が無くても、ひたすらに彼を想う気持ちだけは忘れていなかったのだと、今なら分かる。

はらはらと零《こぼ》れ落ちる玲秋の涙を紫釉の指が拭う。

紫色の瞳が心配そうに玲秋を見つめている。それだけで嬉《うれ》しく、そして悲しい。

「ずっとお伝えしたかった。けど、お伝えすることなど叶《かな》わないと思っておりました」

紫釉が触れる指を握り締める。

「お慕いしておりました。初めてお会いした時も。時を戻し殺される時も。何度時が戻っても、紫釉様を愛しておりました……」

「玲秋……？」

「思い、出しました……私は二度も、命を落としていたのですね……」

一度目は毒殺だった。

記憶は曖昧だが、珠玉の贈り物を食べてから意識を失っていた。

次は劉偉により処刑された。

そして今が三度目の生なのだと、玲秋は改めて実感する。

二度にも亘《わた》り、玲秋は死んでいたのだと。

「命尽きる時……いつも後悔しておりました。紫釉様と今生で別れるのであれば、せめて想《おも》いを正直にお伝えしてから死にたかった。たとえ叶えられないと分かっていながらも、それでも永遠の別れとなるのであれば、せめて想いを伝えたかった。少しでも紫釉様の記憶に残りたかった……」

「そんなこと……っ私は望まない！」

瞬間、玲秋は強く抱き締められていた。

「お前を喪って生き永らえるなど出来る筈がないだろう……！　想いを伝えたかったのは私だ。ずっと言いたかった……！　玲秋、愛している……！　愛しているんだ……！」

締め付けるほどに強い腕が、声が震えていた。

込み上げる感情の吐露に、紫釉は涙を浮かべ叫ぶ。ひたすらに玲秋への愛だけを伝え続ける。

炎のように熱い言葉に玲秋の頬から更に涙が伝う。

想いを告げられるだけで十分だったなんて偽りだった。

本当は想いを返してほしいと望んでいた。

紫釉の瞳を見つめ、見つめ返してほしかった。

叶うのであれば彼の妻になりたかった。

たとえ望んでも玲秋は紫釉の父である皇帝の妻だった。たとえ愛されず、忘れ去られた妃であったとしてもその事実だけは揺らがない。

なけなしの理性で堪え、ただ逢瀬《おうせ》の時間だけを楽しんでいた過去の日々が蘇る。

あの時の自分も確かに幸せだった。

しかしもう、戻りたくはない。

喪ってからでは遅いことを、玲秋は嫌というほど知っている。

大切な珠玉を喪う苦しみも、愛する紫釉に想いを告げることなく命果てる悔恨も知っている。

だからこそ、何もかも捨てて言葉を紡ぐ。

「紫釉様……愛してます……」

玲秋の仄かな、それでいて全ての情を込めた想いの言葉を。

紫釉はその唇に口づけることにより、想いを返した。

唇は涙に濡《ぬ》れていた。

どちらの涙とも分からない塩辛さを感じながら、ひたすらに互いに口づけを交わし合った。

五章　決着

凰柳城《おうりゅうじょう》は広く、守衛兵や官吏の者が暮らす建物や執務を行う場所、来賓の間などを入れると到底一日で回ることなど出来ないほどに広大であった。

後宮は塀で囲まれた別の建物であるため、玲秋《れいしゅう》ら妃達《きさき》が訪れる機会などほとんどない。

その凰柳城の中、治療のために備えられた建物に玲秋は移動させられていた。

しかも、蓮花《れんか》として。

「あの……紫釉《しゅ》様」

「うん？」

「私はいつ……後宮に戻るのでしょうか」

紫釉によって手配された個人宅のような部屋は、明らかに皇族が使うべき治療の部屋であった。調度品は高級で、寝台は広く掛けられる毛布も手触りの良《い》い高級品。

玲秋にとって明らかに場違いであった。

紫釉は玲秋に一瞥《いちべつ》するとまた机に視線を戻し、書き物を続けた。

玲秋が此処《ここ》で休んでいる間、紫釉もまたずっとこの場で執務をしているのだ。

「其方を戻す予定はない」

「えっ？」

「其方の立場は今、事の重要参考人とされている。そのような立場の者を元に戻せば殺されるぞ」

淡々と語る紫釉の言葉は真実なのだろう。

急な緊張に玲秋は口を閉ざす。

紫釉は手にしていた筆を下ろすと、隣で萎《しぼ》むように落ち込んでいる玲秋の髪に触れた。

「ようやく誰にも邪魔されず共にいられるのだ。離れたいような言葉を紡がないでほしいな」

「…………っ」

紫釉の言葉に飾り気はなく、直接的な言葉で玲秋を打ち負かす。

彼の真っすぐな愛情ある言葉を、目覚めてから毎日のように玲秋は聞いているというのに未《いま》だ慣れることはない。


あの日。

目覚め、玲秋が記憶を取り戻した日。

想いを告げ、そして想いを返された時から、紫釉は毎日のように玲秋を好きだと告げてくれる。

「今まで伝えられなかった分を取り戻しているだけだ」と告げる彼の言葉が事実であるとすれば、一体いつになれば取り戻したというのだろう。

あれから、紫釉に起きた事を淡々と語ってくれた。

一度目の生で玲秋が毒殺された後、汪国《おうこく》がどうなったのか。

天の声を聞き、紫釉が二度目の生を得てからどのように行動したのかを。

そして三度目の今、どうして生きてきたのかを。

「全てにおいて事の発端は紹賢妃《しょうけんひ》の死から始まっていた。何としても彼女の死を防がなければならなかった」

一度目は火事により命を失った。

二度目は毒を盛られ殺された。

その情報を得ていた紫釉は、過去の記憶を辿《たど》り犯人や犯行の経緯を探っていたものの、後宮に足を運ぶことも出来ず情報を得るのは困難だった。

それでも、一度目と二度目に起きた事件の後、官女達を屠《ほふ》る劉偉《りゅうい》の行動から軌跡を辿れば、賢妃の官女に対し異常なほど憎しみを抱いていたことを思い出した。

「裏で趙昭儀《ちょうしょうぎ》が暗躍していることは元より掴《つか》めていたが尾を掴むことが出来なかった。だが、今回の件でどうにか捕らえることが出来そうだ」

紫釉の表情はひどく穏やかだった。

「火事を起こしたのは……愁蘭《しゅうらん》ですか？」

玲秋は自身が気を失った時のことを思い出した。あの時微《かす》かに嗅いだ匂い。それは愁蘭が愛用していた花梨《かりん》の香りだった。

「ああ。其方《そなた》に罪を着せようとしたことも自白した」

「…………」

どれほどの蛮行を振る舞おうと、彼女は美しくあるための香水を手放さなかったのだ。

官女として共に過ごした日々を思い出す。

彼女は明るく、そして聡明《そうめい》な女性だった。常に紹賢妃に従い信頼される絆《きずな》もあった。

それでも人は変わってしまう。

強く指先を握り締めていた玲秋の手に、被《かぶ》さるように紫釉の手が包み込む。

玲秋は顔を上げて紫釉を見れば、心配そうな瞳を覗《のぞ》かせる紫釉と目が合った。

「……大丈夫です。何より、小主……紹賢妃がご無事で何よりです」

「ああ。其方のお陰だ。感謝する。だが、これ以上の危険を其方に与えたくはない。暫《しばら》くは此処で養生してもらう」

「そのような事が……」

出来るのだろうか。そう、問おうと思うものの、紫釉の表情は硬く揺らぐ様子はない。

玲秋の表情を見て紫釉が少しだけ表情を緩める。

「其方が蓮花である間、玲秋が居るように振る舞うことなど祥媛《しょうえん》には容易《たやす》かった。姿を見せなくとも徐倢伃《じょしょうよ》は病に臥せっていると伝えれば問題ないだろう」

「それはそうですが。公主には……」

「……其方の珠玉《しゅぎょく》想いには妬《や》ける」

そう、ポツリと漏らす。

「珠玉には余夏《よか》がついている。近頃は余夏にも大分心を許していると聞く。ただ、それでも其方に逢《あ》いたがるため文を届けてもらいたい。近頃彼女が字を習っているのは知っているだろう？」

「ええ。大変優秀でいらっしゃいます」

まだ五つの珠玉が幼いながら文字を学んでいることは玲秋も知っている。一つ一つ文字を覚えては見せてくれる珠玉は、とても愛らしかった。

「其方が文を送ればきっと珠玉にも良い励みとなる。時折会えるよう手配はするが、事が落ち着くまでは此処で静養してもらいたい」

「かしこまりました……」

「………駄目だな」

何故《なぜ》か紫釉が口元を押さえ、苦笑を堪えるように眉を下げる。

「其方と会話ができるだけで頬が緩む」

そう、愛《いと》おしげに見つめ告げられて、玲秋は何も言えなくなる。

玲秋とて珠玉は愛おしい。紹賢妃の様子も未だ心配が残る。

それでも、ずっと愛しいと思っていた紫釉の言葉に、喜びが溢《あふ》れてきて。

泣きそうになるのを堪え、微笑《ほほえ》み返した。


数日の後。

後宮と王朝は大いに乱れた。

皇帝徐欣《じょきん》の寵愛《ちょうあい》していた趙昭儀による紹賢妃の暗殺計画が露見したことにより。

政権の転機が訪れた。

昭儀である趙春麗《しゅんれい》は、何故己が冷宮《れいきゅう》に捕らえられるに至ったか、未だ理解が出来なかった。

悉《ことごと》く思い通りにならない日々に憤りがあったものの、焦って事を仕損じてはならないことは重々理解していたため、己が証拠となるようなものは全て隠滅してきた。

後宮入りしてから皇帝徐欣を薬で陥落した。愛欲に溺れた男は予定通り春麗にとって都合の良い駒となった。

昭儀の地位に昇りつめた後、次は貴妃《きひ》を狙おうと思っていた。だが、それは叶《かな》わなかった。

地位を得るため李《り》貴妃が賢妃に毒を盛ったことにして両者を蹴落とそうとしたが、未遂に終わった。結果、紹賢妃の御子はすくすくと育ち、春麗の地位も変わらなかったどころか立場が弱まった。

それではならないと次に太后の名を騙《かた》り毒入りの茶を賢妃に与えることを考えた。退いたとはいえ地位を残したままの太后に対し邪険ではあったがこちらも消してしまうには良いだろうと考えた。

しかしそれも未遂に終わってしまった。

何故。

全ての計画は入念に下準備をしていた。

特に紹賢妃には弟である将軍という大きな盾があり、迂闊《うかつ》に手を出してしまっては身を滅ぼしてしまうことを理解していたため、厳重に手配をした。

それでも賢妃は毒を飲まなかった。

……焦りが生まれた。

このまま御子を、男児が誕生となれば役に立たない長子巽壽《そんじゅ》ではなく賢妃の息子が皇太子となるかもしれない。それだけは絶対に阻止しなければならない。

以前より懐柔していた賢妃の官女を使うことにした。これは、春麗にとって最終手段であった。

人間は痛みに弱く、証言してしまうかもしれない。

春麗以外に愁蘭を懐柔できるような能力を持つ者はおらず、春麗自ら愁蘭を懐柔した経緯もあるため、事が終われば彼女を殺す予定ではあった。

だからこそ、賢妃の屋敷《やしき》を放火させた後すぐに処分しようと思っていた。

しかしそれも失敗に終わった。

愁蘭は紫釉によって捕らえられた。

何故後宮に紫釉が居たのか、本来であれば罰せられることも、賢妃暗殺を防ぐための行動であると言うと免れた。それどころかその行動に賞賛の声が上がる。

紹一族は総出で紫釉に忠誠を誓った。

眠れる獅子《しし》が覚醒したと言っても過言ではない。巽壽すら霞《かす》んで見えるほどに紫釉の行動は聡明であり勇敢だった。

放火から逃げ出す現場を捕らえられた愁蘭はすぐさま尋問にあった。

尋問がどのように行われたのかは分からない。

だが、数日もせず春麗の元に兵がやってきた。

「紹賢妃の暗殺容疑により趙昭儀を冷宮へ連行する」

刑部《けいぶ》の官吏が告げる言葉に首位の官女達は悲鳴をあげる。

春麗は否定する言葉を吐くことも出来ずに捕らえられ、そして冷宮に閉じ込められた。

部屋は石造りで寒く身を温める物もない。

髪を振り乱し紫釉皇子への取り次ぎを願う。そして皇帝からの慈悲を待った。

しかし、誰も訪れる者はいなかった。

(皇帝は何をしているの……!?)

寵愛している女が捕らえられたのだ。

皇帝の権限でどうとでもなるだろう。

苛立《いらだ》ちから爪を噛《か》む。既に三日は経《た》った冷宮の暮らしに春麗は限界だった。

沐浴《もくよく》も出来ず、満足な食事もない。髪につけていた香油の効果は既になく、油でベタベタする。

服だってろくに着替えていない。異臭が嫌で脱ぎたいが、脱いでも着替える服もない。

「いい加減出して頂戴！　私が何をしたというのよ！」

扉に向けて怒鳴ろうとも、誰からの返事もない。

「徐欣様を呼んで！　私を誰だと思っているの!?」

拷問されるでも尋問されるでもなく、春麗は放置された。

粗末な食事だけが与えられる。それ以外、誰とも会話をすることもない。

何も情報を得られない窮屈な日々に苛立ちと焦りが生まれる。

(外はどうなっているの……？)

もし本当に自身が暗殺の主犯だったと決定したとして、皇帝が恩赦を与えてくれるはずだ。

何故なら皇帝の弱みすら春麗は握っている。春麗に何かあれば外聞の恥が露見することは容易い。

何より皇帝は春麗の与える薬の虜《とりこ》となっている。依存性が高いものの心身まで壊さない程度の麻薬に虜となった皇帝は春麗の足を舐《な》めてでもそれを求める体になっているはずだ。

だから大丈夫。

大丈夫よ……。

彼女は気付いていたのだろうか。

足元に迫りくる恐怖を。日頃捕食する側であった己が、捕食される側となった時の恐ろしさを。

命の重さというものを。

彼女にとってこの数日がどれほど長く感じられたのだろうか。

窶《やつ》れ細くなっていく体、醜く変わり果てる己の姿に怒りと焦燥を抱きながら、ただひたすらに時間が過ぎる日々。

その日の夜も、彼女は体をブルブルと震わせていた。

怒りなのか、それとも寒さなのかさえ分からない。

誰も助けに来ないことに怒りを感じていた。

ふと、扉が開く音がする。

夜も深まった時間の訪問者に春麗はすぐさま顔を上げた。ようやく助けが来たのだ。

「何をしていたのよ！　遅いじゃ……」

春麗は訪れた者の姿を見るや否や息を呑《の》んだ。

薄衣《うすぎぬ》で顔を隠しているが高貴たる風格は薄衣では到底隠せなかった。

「お久しぶりですね……昭儀」

大きく膨らんだ腹を優しそうに細く美しい指で支えながら。

そこには紹賢妃が佇《たたず》んでいた。

現れた紹賢妃の姿に春麗は息が止まるかと思った。

同時に苛立ちを覚える。

この場に訪れるなど、自身を嘲笑《あざわら》いに来たのだと明白だったからだ。

「何の用ですの……？　私を笑いにでも来たのかしら？」

「……お元気そうですね」

まるで躱《かわ》すように語られる言葉に春麗は不快さを感じる。

彼女から花の香を焚《た》いた匂いがするのも嫌だった。それは私のモノだったのに。

今の自身は汚れ悪臭が纏《まと》わりつく。本来であれば立場は逆だったのだ。

全て滞りなく終えていれば、今頃目の前の女は命を喪《うしな》い春麗が最も高い位に立っているはずなのに。

「……醜い顔」

僅かに眉を寄せ、手に持つ扇子で口元を覆う。汚らわしい物を見るような紹賢妃の態度に怒りが募る。

「貴女《あなた》に会いに来たのは報告をしに来たのよ。おめでとう、冷宮を出られるわよ」

「…………！」

紹賢妃の言葉に春麗は驚いた。

皇帝の家臣でも自身の一族の誰でもなく、何故紹賢妃がそれを告げるのか。

訝《いぶか》しそうに彼女を見ていれば言葉を続ける。

「驚いているようね。けれど真実よ。貴女を愛する皇帝が願い出たの。貴女を解放せよと仰せです」

「………？」

春麗には彼女の言葉がにわかには信じられなかった。

皇帝である徐欣の姿を思い出す。彼が率先して行動して春麗を助けるよう指示を出すなどあり得ないことを知っていた。来るとしても彼の臣下に命じて迎えが来るだろうと期待をしていた。

何故という顔を見せていたのだろうか。

紹賢妃の視線は冷たく春麗を見つめていた。

「貴女を愛する皇帝の願いを我々紹一族は受け入れた。本来ならば極刑にするべき貴女を解放する。それがどれほどの代償を必要とするのか、聡明《そうめい》な貴女なら察することも容易《たやす》いのでは？」

つらつらと述べる賢妃の声色は、容易いと述べながらも「分からないだろう」と表情に浮かべていた。それが、あからさまに馬鹿にした様子に見え春麗は眉間に皺《しわ》を深く寄せることしかできなかった。

「……分からないといった顔ねぇ？　いいわ、教えてあげる。私達の愛する陛下が皇帝を退位されました」

「皇帝が………退位？」

思わずとばかりに言葉を繰り返す。

そうして、その言葉の意味に恐怖した。

「まさか本当に……？」

「徐欣様は自らの地位を捨て、この地を追放されたとしても貴女と添い遂げたいそうよ？良かったわね」

「なんですって！」

それでは何の意味もない。

春麗が愛するのは皇帝の地位であり権力だ。全てを失った高齢の男など不要。自身の命を救うために皇帝の権威を捨てなければならないなんて。しかし、それ以外に術はなかったのか。考えを巡らせるも答えが出ない。春麗はずっと冷宮に閉じ込められていた。その間に政権がどう変わっているのかなど分からない。

ただ分かることは、春麗を助ける者の訪れを待てども誰も来なかった。

唯一現れた者が紹賢妃一人。

そして彼女の口から発せられる言葉に偽りなどないと分かる。

春麗は負けたのだ。

後宮で昇りつめた地位は瓦礫《がれき》の如《ごと》く崩れ落ち、足元さえ覚束《おぼつか》ない。

唯一の救い手が利用する道具としか思っていなかった皇帝で、その皇帝が何一つ利用価値もなくなった存在であり、春麗は喜ぶこともできない。

けれど命はある。

命だけは助かる。

この汚らしい狭く寒い部屋から抜け出せるのなら、春麗は跪《ひざまず》いてでも赦《ゆる》しを乞うだろう。

春麗が黙りこむ姿を見て、紹賢妃は一瞥《いちべつ》すると部屋を出た。部屋の外で待機していたらしい兵に声を掛けるとその場を去った。

少しして男達が春麗を冷宮から出す。拘束されたまま黒い布で覆われた馬車に乗せられた。罪人の扱いには変わりないことに不快さはあるが、それでも久し振りに出た外の空気は春麗の心を和ませた。

馬車はひたすらに道を進む。途中で休憩は挟むものの兵に見張られた状態は変わらない。

どれほど進んだのだろうか。

窓の外を布で覆われた春麗には分からない。

しかし突如馬車は停《と》まり、外に出るよう命じられる。

手の拘束は外されず不自由な状態のまま降りてみれば、すぐに春麗の名を呼ぶ男の声がした。

見上げてみれば皇帝徐欣が居た。

「おお……春麗！」

「皇帝……陛下……？」

すぐには信じられなかった。

痩せ細り、みすぼらしい格好をしていた男を到底皇帝と思えなかったのだ。

病的にまで頬は痩せ落ち、肌の色は土色にも近い。だが、その眼《め》は異常なまでに春麗を求めていた。

「春麗、春麗……逢《あ》いたかったぞ！」

勢いよく抱き締められる男から嗅ぎ覚えのある香りがする。

その匂いが、あまりにも強い。

（どうして……？）

春麗にも馴染《なじ》みのある芥子《ケシ》の香り。

皇帝と褥《しとね》を共にする際に香として焚き、飲食にも加えることで春麗に依存させた。

最近では紹賢妃に与えることで堕胎させようと思っていたその芥子の香りが、いつも以上に皇帝から香ったのだ。

そして何よりこの病的なまでの細さ。

冷宮に春麗が捕らえられて幾日か経っているとはいえ、まるで数年会っていなかったような皇帝の変わり方は異常だと明らかだった。

驚いて周囲の兵を見るが、その表情は硬く冷たい。まるで全てを見透かしたような態度だった。

（ああ………そういうこと）

彼等は、否、劉偉と紹賢妃は春麗と同じ策に出たのだ。

皇帝を精神的に追い込み、自ら位を退《ひ》かせ、そして望みとばかりに春麗にあてがった。

春麗を見つめる徐欣の目を見ればわかる。これは明らかに正常な人間ではなかった。春麗ではなく、春麗が与える何かを待っている。

けれど春麗は何一つ持ってなどいない。身一つでここに送り込まれたのだ。

馬車が、走る。

兵がその場を去っていく。

「待ちなさい……待ちなさいよ！」

春麗は叫ぶが誰一人としてその場に留まる者はいない。

既に退位したとはいえ、皇帝がこの場にいるというのに、寂れた小さな建物には使用人の姿すら見つけられない。

春麗は救いの手を求めて辺りを見回した。

けれど誰も居ない。居るのは、徐欣だけなのだ。

「なぁ春麗……共に褥に参ろう……いつもの香を焚いて、なぁ」

「ああ……」

体が震えた。

拘束を解くための錠はおそらく徐欣が持っているのだろう。

繋《つな》がれたまま春麗は引きずられるようにして建物の中に連れていかれる。

この先何が待つのかなど、何一つ分からない。

ただ分かることは。

春麗は策に敗れた。

それだけだった。

汪国に変化あり。

皇帝徐欣は寵愛《ちょうあい》する妃の免罪を求め、自らの位を投げ打って趙昭儀と寄り添うことを望んだ。

暫《しばら》くした後、紹賢妃は無事に男児を出産した。御子が産まれると劉偉の立場は更に大きなものとなった。大将軍としての地位と、更には幼君の後見人として命じられたのだ。命じた者は皇帝徐欣である。既に立場を瓦解させた彼は、最後の命とばかりに周囲に対し、御子が成人の後には皇帝として即位するよう命じ、それまでの間、御子の後見人にして養育者として劉偉にそれを命じたのだ。

皇太子であった巽壽は皇帝の命に納得をみせたが、それは御子が成人するまでの制約とはいえ一時的に位に就けたからだった。巽壽の思考は安直で、御子さえ消してしまえば己が皇帝としてあり続けられると考えたのだ。しかし、その思惑は当然劉偉の想定通りであり、御子の暗殺計画を早々に露見させ、巽壽の地位をいとも簡単に奪い去った。

僅か数か月となった巽壽皇帝の次代皇帝として、第三皇子紫釉の名が挙がった。

後見人として指名された紹大将軍が宰相を務めあげるに至り、政権は大きく変化した。新たな生命の誕生と共に生まれ変わった汪国は未《いま》だ落ち着きを取り戻さない状態ではあったものの、腐敗した悪政が一掃されたことにより国内は明るさを取り戻した。

その活動の裏で紫釉が暗躍していたことを知る者は恐らく数人しかいない。

皇帝が代わったことにより後宮内の妃《きさき》達に変化が訪れた。

実家に帰郷する者、出家し寺に入る者もいる。

中には居続けたいと訴える者もいたが、新たな皇帝である紫釉はあくまでも繋ぎであり、更に約束された次代の皇帝が赤子であることを理由にその願いは全て断られた。たとえ後宮に人を入れるにしても、紫釉は首を縦には振らなかった。自身に子が生まれれば諍《いさか》いが生まれるということを再三伝えた上に、劉偉の目もあり、野心を抱く者は口を閉ざした。

いずれ、次代の皇帝である御子の歳《とし》に合わせた女性が迎えられることであろう。

よって徐倢伃であった玲秋もその位を返すこととなった。

なったのだが。

「玲秋。今日は一緒にお散歩に行ける?」

「公主」

愛らしく着飾った珠玉が玲秋の傍《そば》で窺《うかが》ってくる。彼女の衣類は以前よりも高級な絹で誂《あつら》え飾りも流行《はや》りの物となっている。

次代皇帝の母となった皇后充栄が珠玉の後見人となったことにより、彼女の待遇は大きく改善された。

王朝内にある別宅に彼女を住まわせ、あらゆるものを与えることになった。生まれたばかりの御子も同様に住んでおり、珠玉としては幼い弟と毎日会えることが嬉《うれ》しいらしく、以前よりも表情が明るくなっていた。

玲秋は珠玉と共に別宅に移り住んでいる。後宮ほど広くない空間だが、それでも玲秋や珠玉が暮らしていた建物よりも随分と大きい。

皇帝が幼子である今、後宮は必要としない。

維持をするだけで費用が嵩《かさ》むような建物は一時閉鎖させる必要があると判断した劉偉により一部の官女達は別宅や王城の外にある街から通っているという。

玲秋も位を返上した後、街にて住まいを持つべきかと思っていたのだが。

「そのようなこと、させるはずないだろう!」

紫釉に怒られてしまった。

確認するまでもなく玲秋は珠玉と共に別宅で暮らすと考えていた紫釉は、玲秋の提案を聞いて啞然《あぜん》とした様子だった。からの第一声がこれである。

「其方《そなた》は己が価値を何一つ理解していないのだな」

「価値ですか……」

「後宮での暮らしが長いためか? 何一つ遠慮しないでくれ。今は無理だが、あと数年すれば迎えられる準備もできる」

「迎える……」

「分かっているのか? 貴女《あなた》を妻に迎える準備だ」

「っ」

妻、という言葉を続けられなかった。

瞬く間に顔を真っ赤に染めたと思った途端、玲秋の顔が青褪《あおざ》める。

ころころと変わる表情を眺めていた紫釉が苦笑し、玲秋の頰に掛かる髪に触れると、優しく耳に掛ける。

「貴女と添い遂げられないとなるならば、もう一度過去に戻る必要があるが?」

「……お戯れを。そのようなこと、冗談でも言ってはなりません」

「では、受け入れてくれるか？」

「……………」

玲秋とて紫釉が愛おしい。

愛おしい反面、己の身分を十分に理解している。

皇帝徐欣の妻という立場はなくなったものの、紫釉の隣に立つにはあまりにも相応《ふさわ》しくない。

彼は次代の皇帝が即位するまでの仮初の皇帝であると自身を称しているが、周囲に名こそ知られていないが汪国に貢献する重要人物である。

そのような彼の妻が自分で良《い》いのかなど、紫釉が望んでいるとしても玲秋は素直に頷《うなず》けなかった。何より今、名実共に紫釉は皇帝である。生まれてきた紹賢妃の御子が男児であったが、幼い赤子が成人するまでには長い時間を要する。だからこそ紫釉の周囲には未だ平穏は訪れない。それこそ妻の存在など、余計に火種を蒔《ま》きかねないのだ。

「分かっている。そなたの気持ちは十分に理解している。だからこそ、あと少しばかり待っていてほしい」

「少し……？」

「御子は男児だった。これで紹一族が掌握する汪国皇帝の地位が盤石となった。未《ま》だ幼いが故に仮初の皇帝として即位はしたが……私はいずれ王族という身分から除籍を願い出るつもりだ。元々王位に興味などなかったが、巽壽兄上のような反乱分子を生み出す可能性もあるからな。御子が健やかに成長し、皇帝として即位するまでの礎となろう」

「そのようにお考えだったのですか……」

「ああ。劉偉とも相談して決めたことだし上官にも提言している。何より、私がそれを望んでいる」

「紫釉様」

言葉を続けようとした玲秋の唇を紫釉は人差し指で優しく塞いだ。

急な触れ合いに驚き身動き取れずにいる玲秋の唇を、人差し指がなぞり愛おしげに触れる。紫釉の瞳は柔らかかった。

少しして指が離れれば、間近で見る紫釉の表情は微笑《ほほえ》みながらも、それでも決意に揺らぎはなかった。

「私が二度に亘りやり直してきたのは全て、玲秋と添い遂げるためだ。その願いを叶《かな》えてやってくれないか？」

「…………」

ずるい、と思った。

そのような言い方をされれば断ることなど出来る筈《はず》もない。

何故《なぜ》ならそれは玲秋の望みでもあるのだ。

「…………っ……」

涙が零《こぼ》れ落ちる。

玲秋は黙って紫釉に手を伸ばしそっと抱き締めた。

背後から抱き締め返す腕の温《ぬく》もりを感じた。

共に生きていられることがどれほどの奇跡なのか、玲秋は知っている。

生きることが、どれだけ困難であるかも知っている。

この人を失ってはいけないことを、嫌というほど知っている。

「はい……っ」

大粒の涙が落ち、紫釉の肩を濡《ぬ》らす。

構わず紫釉は強く抱き締めた。玲秋には見えるはずもないが、彼の眦《まなじり》にも涙が滲《にじ》んでいた。

ずっと願っていた想《おも》いがついに果たされた。

天による嘆きの慈悲が与えられた大地は太陽の光によって眩《まぶ》しく輝く。

血の色に染まっていた大地は青々とした草木に揺れ。

長く続くであろう未来と共に、風に揺らぐばかりであった。

終章　後宮戦わずして廟算に勝つ

次代の皇帝となることが約束された紹賢妃《しょうけんひ》の御子は榮來《えいらい》と名付けられた。栄光ある汪国《おうこく》の未来を委ねられる人となるようにという母の願いが込められた名だ。

榮來の傍には姉である珠玉《しゅぎょく》、そして後見人にして叔父である大将軍劉偉《りゅうい》の姿があった。

「大きくなったな」

「ええ。乳もよく飲んでくれるから、きっと大きく育つわ」

柔らかな眼差《まなざ》しで乳母に抱き抱えられた我が子を見つめる姉の姿に、劉偉は少しばかり寂しさを覚えた。

彼女の知る姉はこのような表情をしなかったのだが、近頃皇子を見つめる瞳は柔らかく。果てしなく懐かしい、自身の母の眼差しによく似ていると思った。

小さな紅葉《もみじ》のような手に触れながら劉偉は改めて賢妃を見た。

「後宮に変わりは？」

「無いわ。護衛も問題なく務めてくれる。榮來が食事を始めたらまた……変わるかもしれないけれどね」

「そうでしょうね」

赤子に対しても未だ反乱分子は存在する。明るい未来となる汪国を良しとしない者も少数ながら存在する。無いに等しいと思っていた徐欣《じょきん》の取り巻きや傘下、更に退任させた巽《そん》壽《じゅ》の動きも収束したとは言い難いことを劉偉は知っている。

皇帝の血は続く。いくら傀儡《かいらい》の王であろうと残虐たる王であろうと、汪国の皇帝の血は変わらない。

皇帝とは唯一の職務であり、誰もが成り代われるものではない。ほぼ汪国の政権を握ったともいえる劉偉であろうとも、皇帝になりたいなどと考えたこともないのだ。

自身は汪国に仕える者。王とは、汪国が建立した当初から王族の血族がなるものだと劉偉は思っている。

「少しでも異変があれば連絡を」

「勿論《もちろん》よ。今は静かだけれども……きっとこれからは変わってくるでしょう。今は貴方《あなた》と紫《し》釉《ゆ》様のご助力もあって静寂に包まれているものの、巽壽の取り巻きや隣国も含め機会を窺っているところではあるでしょう。貴方には未だ苦労をさせることになるわ」

「それが私の仕事ですよ。それに……私も甥《おい》は可愛《かわい》い。穏やかな世を生きて欲しい」

充栄《じゅうえい》が嫁ぎ、後宮が春麗《しゅんれい》により乱され皇帝の権威が下降する中で劉偉がどれほどの努力を見せてきたのか姉は誰よりも知っている。長い間共闘してきたのだ。

乳母より赤子を預かり優しく抱き留める。大切にしたいのは我が子だけでなく弟も同様なのだ。

「宝宝《バオバオ》！」

賑《にぎ》やかな声が響いた。

声の方角を向けば珠玉が満面の笑みを浮かべ走り寄ってきていた。日々すくすくと成長する珠玉の背は伸び、以前こそか細い印象を受けた少女が、今では元気で何より子供らしい笑いを浮かべる少女となっていた。

珠玉の後ろから、少し遅れて玲秋《れいしゅう》と祥媛《しょうえん》がやってくる。どうやら籠から飛び降りてやってきたらしく困った様子で追いかけてきたのか髪がほんの少しだけ乱れている。

劉偉は向かってくる玲秋を黙って見つめていた。

生活も改善され、血色が以前よりも良くなった玲秋は蓮花《れんか》の時のような華美な化粧や装飾をせずとも美しかった。蓮花の頃には幾度となく顔を合わせていたが、今はこうして珠玉の付き添いをする玲秋と顔を合わせる機会が多くなった。

かつて、忘れ去られていた妃《きさき》は人に顔を覚えられることもなく、蓮花として姿を現しても気付かれなかったという。それは夫である徐欣でさえそうだった。

何故だろうと、劉偉は疑わずにいられない。

脳裏に鮮やかなほど記憶に残る玲秋の顔を見て忘れることなどあるのだろうか。

「お邪魔して申し訳ございません。未来の大后《たいごう》に拝謁申し上げます」

「許します。今日も来てくれてありがとう」

「いえ。公主が若君に早くお会いしたいと仰《おっしゃ》って。今ならご起床の時間と思い」

「……その通りよ」

玲秋は当然のように栄來の様子を理解していた。まさにこの時間帯は栄來の起きている時間だ。赤子のため勿論崩れることもあるが、概《おおむ》ねこの時間帯は空腹を満たした直後で目覚めている時が多い。考えてみれば、珠玉が訪れる時は、大体栄來は目覚めている。

そこまで考えて行動しているのかと玲秋を見つめるも、相変わらず彼女の眼差しは母や姉のように優しく珠玉を見つめていた。

その姿は、皮肉にも今の自身のようだと、充栄は思わずにいられなかった。

「………劉偉。何突っ立ってるの」

「……は？」

「客人をもてなしなさい。お茶ぐらい淹《い》れられるでしょう？」

「賢妃、お茶なら私が……」

蓮花の時に賢妃のところで淹れる作法は全て覚えている玲秋が慌てて声を掛ければ、充栄はにこやかに微笑む。

「そうだったわね。玲秋、良ければ弟に淹れ方を教えてあげてくれる？　この子ったら刃ばかり使い方を覚えて茶も淹れられないのだから。今後は文化も栄えてくるし客人をもてなす機会も増えてくるわ。今のうちに教え込んでおいた方がいいもの」

「茶なら……」

淹れられると告げようものなら、姉の毒蛇のような目に殺されると思った劉偉は口を噤《つぐ》んだ。こういう時の姉に逆らうのは良策ではないからだ。

「………かしこまりました。よろしければ……」

「わかった……」

少しばかり怯《おび》えたような視線を、それでも優しく劉偉を見上げる玲秋の表情を見て、一体どのような顔をしているのか分かっているのだろうか。と、充栄は思う。

(報われるには難航ではあるけれど、私は身内に甘いから)

心の内で若き皇帝に謝罪する。

玲秋が誰よりも紫釉を想っていることは知っている。そして劉偉もまた玲秋にひとかたならぬ情を抱いていることも知っているのだ。

味方に取るのであれば、それは我が子の未来を考えて行動する。

何より、弟には幸せになって欲しいのだ。

「どのような未来になるかなど、きっと西王母《せいおうぼ》様とて分からないことでしょう？」

茶を淹れるために建物の中に入り、台所にて茶葉と湯の用意をしながら、玲秋は丁寧に説明する。

その姿を黙って劉偉は見つめていた。

彼女の説明する言葉は音楽のように柔らかに耳に流れる。

蓮花のような華美な姿も美しいと思ったが、今のように自然体でいる玲秋もまた魅力的だと思う。

そこまで考えて我に返る。

(何を考えている)

彼女は皇帝紫釉の想い人である。彼女もまた皇帝を想っているのだ。

だが、実際のところ玲秋の立場は脆《もろ》いのも確かだった。元皇帝徐欣の妻は軒並み追い出された。玲秋もまた対象ではあるのだが、彼女は珠玉が敬愛する女性でもあり、何より今騒動の協力者として名を挙げられていた。勿論蓮花の存在は隠した状態で。

「……紹将軍？　あの……お分かりになりましたでしょうか？」

「は……」

黙って玲秋を眺めていただけの劉偉は声を掛けられ我に返る。彼女は懇切丁寧に茶の淹れ方を真面目に伝えてくれていたのだ。

「……申し訳ない。其方《そなた》の淹れ方は完璧なのだが、同じように淹れられるかと問われれば自信はないな」

聞いていなかったと正直に伝えるのも申し訳なく、堅苦しい言い訳を告げてみれば。

少しの時間を置いてから玲秋が小さく笑った。

「将軍のように素晴らしい御方でも自信がないことがあるのですね……失礼とは存じますが共感致しました」

劉偉は何も返せなかった。

今、彼女は自身が笑っていることに気が付いているのだろうか。安堵《あんど》した様子で微笑《ほほえ》みながら劉偉と会話をしていることを。

張り詰めていた後宮での暮らしは終わりを告げ、今の玲秋は穏やかな日々を過ごしていた。いつしか殺されるかもしれないと恐怖を抱いていた劉偉にも警戒心を解いていたことを玲秋自身も気が付かなかったのだ。

「………………私とて、ただの人だ。苦手な事ぐらいある」

同じ人として隣に立っているのだ。

劉偉は僅かに赤らんだ頬を緩めながら、もう一度教えて欲しいと願い出る。

今度は違えず丁寧に。

愛おしく響く玲秋の声色をしっかりと耳に焼き付けながら。


茶を淹れ終えて席に戻ってみれば客人がいた。

「紫釉さ……皇帝陛下」

何処《どこ》か不機嫌にも見える紫釉が着席し、玲秋が戻って来るや否や席を立った。

「紫釉のままで。持とう」

以前会った時より更に伸びた背は既に玲秋を越えていた。少しだけ見上げる形になった紫釉の表情は大人びており、会う度玲秋は好きという感情を抑えられずにいた。

細長く切れ長な瞳が劉偉を見る。

「此処《ここ》に居たか……」

「はい」

「其方も随分と執心に見える」

誰に、とは告げない。

玲秋は榮來の事だろうと思い、他の者は玲秋を見る。

「……そうですね。大変に愛らしい」

「見るだけなら許そう。手を出すことは罷《まか》りならん……私は父のようにはなりたくないからな」

「その時は私にお任せください。もう一度世を正せばよろしいでしょう」

「は……容易《たやす》く言う」

紫釉は皮肉そうに笑う。

宣戦布告を受けているようなものだ。だが、紫釉の態度は変わらない。

玲秋の腰に手を添えると、髪に柔らかく口づける。

「玲秋。散歩でもしよう」

「え……」

「珠玉は榮來に夢中だぞ。何だ、私には構ってくれないのか？」

「そのようなことは」

「では問題はない。参ろう」

玲秋の言葉を待たずして紫釉は歩き出す。劉偉と充栄など存在しないかのように庭園へ向かっていく若き皇帝の姿を、姉弟は口を挟まず眺めていた。

「難攻不落ね。国を乱さず、己が望みを叶《かな》えられるの？　劉偉」

姉は告げる。

愛すべき弟の望みは叶えて欲しい。そのためならば手も尽くしたいが、国を乱すとなれば話は別だ。だからこそ充栄は問う。

すると、赤い瞳は柔らかに笑う。しかし、その眼《め》の奥は笑ってなどいない。

それが答えだった。


「紫釉様……お忙しいのではないですか？」

「貴女《あなた》といれば疲れも安らぐ」

そうなのだろうか、と玲秋は思わずにいられない。

何故《なぜ》だか疲れた表情を見せる紫釉の様子に落ち着かないのだが、それでも彼の望む通り玲秋は膝の上に紫釉の頭を乗せ、庭園で寛《くつろ》いでいた。

椅子に座った玲秋の傍《そば》で横たわり「膝を貸してほしい」と告げられた。初めこそ動揺した玲秋だったが、周囲に人の気配はなく。何より紫釉の願いは叶えたかった。

「……………未《いま》だ私の心は休まらないな。ああ、早く貴女を妻に迎えたい」

独り言のように囁《ささや》く紫釉の言葉に、玲秋は耳まで赤くなる。

近頃会えば呪文のように紫釉はそう囁くのだ。

「玲秋も覚えておいてくれ」

初めの頃こそ妻という言葉に動揺をしていた玲秋だったが、常に囁かれていれば自《おの》ずと自覚する。

「早く妻に迎えて下さいませ」

「…………全力を尽くそう」

紫釉の手が伸び、玲秋の頬に触れる。

玲秋は愛おしそうに手に頬を摺《す》り寄せた。

彼女を見上げながら紫釉は想《おも》う。漸《ようや》く手に入れたと思った未来、玲秋。

だが、その先の未来は誰にも分からない。

紫釉が分かる範囲など限られている。世を是正出来たとはいえ、今後も正せるかなど分からない。それこそ、不安要素は尽きないのだ。

玲秋が劉偉に好意を抱く未来があるかもしれない。

劉偉が玲秋を奪う未来があるかもしれない。

また、火の粉が降りかかる未来もあるかもしれない。

不安が尽きることなどないのだ。

だが、確かなことがある。

玲秋が自身の傍で笑っていてくれる。

そんな未来を、戦わずとも得ることはできるのだ。
三度目の生を以《もっ》てして知る。
愛する人を得るためであれば策を講じ、時には愛する人をも巻き込んで。
それでも尚《なお》、手に入れる日を信じ。
そして、歩んでいく。
願わくはその先で。
彼女が、微笑んでいてくれればよい。

お便りはこちらまで
〒一〇二―八一七七
富士見L文庫編集部　気付
あかこ（様）宛
憂（様）宛

富士見Ｌ文庫

後宮《こうきゅう》の忘却妃《ぼうきゃくひ》
—輪廻《りんね》の華《はな》は官女《かんじょ》となりて返《かえ》り咲《ざ》く—

あかこ

2023年４月15日　初版発行

発行者　山下直久
発　行　株式会社 KADOKAWA
〒102-8177　東京都千代田区富士見2-13-3
電話　0570-002-301（ナビダイヤル）

印刷所　株式会社暁印刷
製本所　本間製本株式会社
装丁者　西村弘美

定価はカバーに表示してあります。　◇◇◇

本書の無断複製（コピー、スキャン、デジタル化等）並びに無断複製物の譲渡および配信は、著作権法上での例外を除き禁じられています。また、本書を代行業者等の第三者に依頼して複製する行為は、たとえ個人や家庭内での利用であっても一切認められておりません。

●お問い合わせ
https://www.kadokawa.co.jp/（「お問い合わせ」へお進みください）
※内容によっては、お答えできない場合があります。
※サポートは日本国内のみとさせていただきます。
※ Japanese text only

ISBN 978-4-04-074870-2 C0193
©Akako 2023　Printed in Japan

富士見ノベル大賞
原稿募集!!

魅力的な登場人物が活躍する
エンタテインメント小説を**募集中!**
大人が**胸はずむ小説**を、
ジャンル問わずお待ちしています。

大賞 賞金 **100**万円

入選 賞金 **30**万円

佳作 賞金 **10**万円

受賞作は富士見L文庫より刊行予定です。

WEBフォームにて応募受付中

応募資格はプロ・アマ不問。
募集要項・締切など詳細は
下記特設サイトよりご確認ください。
https://lbunko.kadokawa.co.jp/award/

主催　株式会社KADOKAWA